라몬의
아이들

라온의 아이들

서해문집 청소년문학 011

초판 1쇄 발행 2020년 12월 20일
초판 3쇄 발행 2021년 6월 20일

지은이   김혜정
펴낸이   이영선
책임편집 김종훈

편집   이일규 김선정 김문정 김종훈 이민재 김영아 김연수 이현정 차소영
디자인   김회량 이보아
독자본부 김일신 김진규 정혜영 박정래 손미경 김동욱

펴낸곳 서해문집 | 출판등록 1989년 3월 16일(제406-2005-000047호)
주소 경기도 파주시 광인사길 217(파주출판도시)
전화 (031)955-7470 | 팩스 (031)955-7469
홈페이지 www.booksea.co.kr | 이메일 shmj21@hanmail.net

ⓒ 김혜정, 2020
ISBN 979-11-90893-42-8 43810

이 도서의 국립중앙도서관 출판예정도서목록(CIP)은 서지정보유통지원시스템 홈페이지(http://
seoji.nl.go.kr)와 국가자료공동목록시스템(http://www.nl.go.kr/kolisnet)에서 이용하실 수
있습니다.(CIP제어번호: CIP2020051542)

이 도서는 경기도, 경기문화재단의 문예진흥기금으로 발간되었습니다.

서해문집
청소년문학
011

라온의
아이들

김혜정 장편소설

서해문집

차례

1년 전 나와 친구들은 영문도 모른 채 이 섬 '라온'에 왔다. 그날의 기억은 아직도 생생하다.

눈을 떴을 때 사방은 검푸른 빛이었고 쏴아쏴아 파도 소리가 들렸다. 조금 지나자 웅성거리는 소리가 났다. 여기 좀 봐, 얘 깨어났어. 어? 얘도, 쟤도…. 나는 혼자가 아니라는 사실에 안도했다. 얼마쯤 지나자 뭔가가 몸을 포근히 감싸는 게 느껴졌다. 달빛이었다. 달빛이 자아내는 분위기 때문에 아늑하고 신비로운 곳에 들어온 느낌이었다. '라온에 오신 것을 환영합니다….' 다시 잠들었다가 깨어났을 때는 누군가가 내 가슴에 청진기를 대고 있었다. 앤 갈비뼈가 부러졌는걸. 얘는 팔이…. 여기로 오는 도중에 무슨 일이 있었는지 우리는 대부분 크고 작은 상처를 입었다. 무애는 오른쪽 가슴을 깊이 찔렸고 고얼은 왼쪽 팔꿈치가 으스러졌다. 시형은 양쪽 무릎을 다쳤고 주안은 정수리가 깊이 팼다. 마로는 가벼운 타박상을 입었다. 하지만 하나같이 통증을 느끼지 못했기 때문에 겉으로 드러난 상처가 아니면 다친 데를 알 수 없었다. 갈비뼈가 부러진 나와 팔이 부러진 고얼의 경우가 그랬는데, 의사 첸이 말해 주지 않았다면 다친 것조차 몰랐을 거였다. 무엇보다 우리 모두 기억을 잃어버렸다.

그날 이후 우리는 이 섬에서 이방인으로 살아왔다.

처음에는 이 섬의 모든 걸 관장하는 제사장인 박쥐가 곧 누군가가 우리를 데리러 올 거라고 했다. 우리는 떠나온 곳으로 돌아가는 거라고 믿고 그날을 손꼽아 기다렸다. 그런데 시간이 흘러도 우리를 데리러 오는 사람은 없었다. 박쥐는 그것에 대해서는 해명 한마디 하지 않고 석 달이 지나자 주민들을 시켜 우리의 숙소를 짓기 시작했다. 또 간척사업이라나 뭐라나, 갯벌을 가로질러 제방을 쌓고 그 안의 물을 빼내어 육지를 만드는 일에 우리를 동원했다.

그 뒤로 하루하루가 정신없이 흘러갔다. 우리는 갯벌에서 기어나온 게만큼도 앞을 내다보지 못했다. 언제 무슨 일이 일어날지 모르는 긴장 속의 나날이었다. '즐거운 곳'이라는 뜻을 가진 이름의 섬 라온. 이 섬은 지구의 어디쯤에 있는 섬인지, 대체 우리는 왜 여기에 온 것인지, 우리를 데리러 온다는 사람은 왜 안 오는지 알 수 없었다. 하지만 그런 것에 대해 알려고 해서도 안 되고 불만을 토로해서도 안 되었다. 우리는 고작 열여덟 살 안팎인데 말이다.

1

바람에 일렁이는 나뭇가지 사이로 햇살이 반짝거렸다. 나비 떼가 날아와 머리 위를 맴돌다 빛무리를 남기고 서쪽으로 날아갔다. 좋은 꿈을 꾸는 기분이었다. 잠잘 때도 이런 꿈을 꾸면 좋을 텐데 요즘 들어 부쩍 이상한 꿈을 꾸었다. 사람이나 사물의 형체는 없고 희미한 움직임과 아우성만 있는 꿈이었다. 또 몸이 바닥 모르게 추락하거나 어딘가에 거꾸로 매달려 있었다. 지옥에 한 발을 들여놓은 기분이었다. 꿈에서 깨면 머릿속이 안개가 낀 것처럼 부옇고, 꿈속의 아우성이 이명으로 남아 귀가 아팠다.

나는 벽에 몸을 붙인 채 물구나무서기를 했다. 몸이 중력을 거스르는 느낌이었다. 차차 머리가 맑아지고, 부러진 갈비뼈 부근이 알알했다. 그런데 이상하게 그 통증에 더 침잠하고 싶었다.

주안과 시형이 헐레벌떡 뛰어왔다. 둘 다 얼굴이 상기된 채였다.

"기주야, 신입이 또 들어왔어. 이번엔 두 명이야."

요즘 섬으로 흘러들어오는 사람들을 우리는 신입이라고 불렀다. 이제 신입 소리만 들어도 멀미가 날 지경이었다.

"또? 나흘 동안 대체 몇 명이야?"

여덟 명이라고 시형이 혀를 내두르며 말했다. 그동안 하루에 한두 명, 많게는 세 명이 왔다. 오늘은 두 명이 꼭 끌어안고 왔는데 겉으로 보기에는 다친 데 하나 없이 말짱했다.

"왜 자꾸 들어오는 거지? 한 사람 빼고는 다 우리 또래인 데다 피부색도 같고, 이상하지 않냐?"

"누가 여길 오고 싶어서 왔겠어? 우리처럼 파도에 휩쓸려 왔겠지."

주안의 말이 맞았다. 우리는 한동안 입을 다문 채 걷는 데만 열중했다. 어떤 말을 해도 의문이 해소될 것 같지 않았다. 문득 숙소를 지을 때 주민들이 투덜거리던 게 떠올랐다. 곧 보낼 애들인데 숙소는 왜 짓나 몰라. 지어도 애들 수만큼만 지으면 되지 이렇게 많이 지을 건 뭔가 말이네. 제사장 맘인걸. 우리야 시키는 대로 할 뿐이지.

"숙소 말이야, 처음부터 많이 지었잖아. 신입들이 올 줄 알고 그런 거 아닐까?"

"잠깐, 그러니까 기주 네 말은 신입들이 들어오는 게 우연이 아니다?"

"응. 괜히 많이 지을 필요가 뭐냐고 주민들도 투덜거렸잖아."

"글쎄다. 그렇다면 걔들을 왜 숙소로 보내지 않고 박쥐 집으로 데려가겠어? 네 말대로 숙소가 남아도는데."

"무슨 교육 같은 걸 시키는지도 모르지. 뭐 걔들이 우리랑 어울리면 안 되는 이유가 있는지도 모르고."

"두고 보면 알겠지."

"일단 해안가에 가 보자."

"안 가는 게 낫다니까. 지금쯤 박쥐도 왔을 텐데. 눈에 띄었다가 제방이나 쌓으라고 하면 어떡하냐?"

시형이 한 발 물러서며 말했다.

며칠 전에 큰비가 온 것도 아닌데, 몇 달 동안 기껏 쌓아 놓은 둑이 쓸려 나가 버렸다. 다른 때 같았으면 다시 쌓으라고 했을 박쥐가 신입들에게 관심이 쏠려서인지 별말이 없었다. 우리도 기회다 싶어 슬쩍 게으름을 부리던 차였다.

나는 혼자라도 가겠다고 말하고 걸음을 옮겼다. 시형이 청개구리가 어쩌고 구시렁대며 따라왔다. 주안은 마지못해 따라오는 듯 느릿느릿 걸었다. 원래 말수가 적은 녀석이라지만 오늘따라 유난히 말이 없었다. 정수리의 상처를 가리려고 쓰는 모자도 꾹 눌러 썼다. 안 그래도 홀쭉한 볼이 더 들어가 보이고 어깨를 움츠려서인지 몸집도 작아 보였다. 무엇보다 나사 하나가 빠진 표정이었다.

"우리가 이 섬에 온 지 벌써 일 년이 지났어."

나는 일부러 무덤덤한 척 말을 던졌다.

"그러게 말이야. 들판이 온통 데이지야."

시형이 주변을 둘러보며 말했다. 지난가을 시루 선생님이 데이지 꽃씨를 뿌리자고 했다. '숨겨진 사랑'이라는 꽃말에 혹해서 씨를 뿌렸다. 하지만 반년 뒤에 이런 길을 보게 될 거라고는 상상하지 못했다. 지금 생각해도 그건 이 섬에 와서 한 일 중 가장 잘한 일이었다.

"봄이 오면 꽃도 다시 피는데 우린 뭐냐? 몸도 별로고 사라진 기억도 안 돌아오고."

시형의 말이 가슴 한구석을 툭 건드렸다. 하루 이틀 생각해 온 게 아닌데도 새삼 우리의 존재에 대한 의혹이 솟구쳤다. 또 그만큼 씁쓸했다.

"거름이라도 줘 보든지. 그러면 꽃이 피듯 몸도 낫고 기억도 돌아올지 아냐?"

시형이 괜찮은 생각이라고 하면서 웃었다. 나는 기왕이면 물도 주고 잡초도 뽑으라고 농담하고는 요즘 꾸는 꿈과 부러진 갈비뼈의 통증에 대해 말했다.

"꿈? 통증?"

시형의 눈이 휘둥그레졌다.

주안이 쓸데없는 소리 그만하라며 나를 째려보고는 모자를 고쳐 썼다. 시형이 주안과 나를 번갈아 보더니 입을 꾹 다물었다. 하지만 시형의 눈은 여전히 호기심으로 반짝거렸다. 주안의 손이 또 모자에 가 있었다. 모자라기보다는 머리에. 아니, 정수리에.

바람이 잠잠한데도 해안가는 여전히 스산했다. 닻을 내린 고기잡이배 몇 척과 신입들이 타고 온 뗏목이 도화지 속의 그림처럼 모래사장에 붙박여 있었다. 신입이 들어오면 가장 먼저 달려오는 의사 첸과 박쥐도 보이지 않았다. 고얼과 덩치 큰 아이가 막대기로 신입들의 발을 건드리며 낄낄거렸다. 이번에도 해안가를 어슬렁거리던 그들이 신입들을 발견한 모양이었다.

"그만해."

고얼이 나를 힐끗 쳐다보고는 보란 듯이 신입들의 옷을 막대기로 훑어 댔다. 주안이 물러서다가 발을 헛디뎌 넘어졌다. 시형이 얼른 주안을 일으켰다.

"아이씨, 이것들이 왜 안 떨어지는 거야? 이거."

고얼이 툴툴거리며 덩치와 눈을 맞추더니 신입들 사이로 막대기를 밀어 넣었다. 신입들이 벌떡 일어나 둘의 목을 낚아챌 것만 같아 가슴이 졸아들었다.

"이 자식들이 정말, 뭐 하는 거야?"

나도 모르게 주먹이 나갔는데 고얼의 배에 명중했다. 고얼이 중심을 잃고 주저앉았다. 이번에는 고얼의 등에 발길질했다. 그만하라고 주안이 소리쳤다. 순간, 내가 무슨 짓을 했는지 깨달았다. 이건 아니다 싶은데도 한번 치밀어 오른 화가 가라앉지 않았다. 덩치가 나를 향해 막대기를 휘둘렀다. 고얼도 일어나 막대기를 집어 들었다. 둘의 눈에 독기가 어려 있었다. 시형이 중재를 시도했지만 역부족이었다. 결국 넷이 엉겨 엎치락뒤치락했다. 온몸이 모래투성이고 입안도 까끌까끌했다. 작년 여름만 해도 고얼과 모래사장에서 팬티만 걸치고 뒹굴며 놀았는데, 왜 이렇게 됐을까.

그사이 의사 첸이 주민 네 명과 함께 당도했다. 주민들이 천을 펼치고 그 위로 신입들을 옮긴 뒤 그들의 옷에서 모래를 털어 냈다. 첸이 부둥켜안은 신입들에게 다가가서 무릎을 꿇고 앉아 키가 작은 신입부터 차례로 몸을 쓸어 주었다. 오른손 검지가 없는데도 그의 손길은 섬세했다. 모두 숨을 죽였다. 신입들 사이가 조금씩 벌어지더니 둘이 분리되었다. 구경꾼들 사이에서 와, 하고 짧은 탄성이 터졌다. 나도 목 안이 뜨거워지는 걸 느꼈다.

예순이 갓 넘었다는 첸은 이 섬에서는 보기 드물게 우리에게 호의적이었다. 이따금 마주치면 반기면서 어디 아픈 데는 없는지 묻기도 했다. 하지만 이렇게 신입들이 들어올 때가 아니면 얼굴 보기도 어려웠다. 그는 사람들과 어울리지 않고 주로 혼자 지냈다. 몇 년 전 고래로 인해 받은 상처 때문이었다. 밀물 때 만으로 들어온 어미 고래와 새끼 고래가 썰물 때 바다로 나가지 못했다. 그는 고래를 살리기 위해 온 힘을 기울였다. 새끼 고래는 살려서 바다로 보냈는데, 어미 고래는 끝내 살리지 못했다. 그 뒤로 죽은 어미 고래를 박제하고 그 안에서 지내며, 낚시로 소일했다.

그 말을 들었을 때는 그가 별것도 아닌 걸 부풀리는 허풍쟁이라고 생각했다. 그런데 우리가 이 섬에 왔을 때 사흘 동안 밤낮을 가리지 않고 우리를 치료했다는 걸 안 뒤로 생각이 달라졌다. 그의 위엄 때문인지, 다른 이유가 있는지 모르지만 박쥐도 그를 깍듯이 대했다.

"거기서 뭣들 하는 게야?"

박쥐가 뒷짐을 진 채 고함을 지르며 걸어왔다. 작달막한 키에 목이 짧고 어깨가 벌어진 데다 망토를 걸치고 다녀서 붙은 별명이 박쥐였다. 박쥐의 행동대원들이 그 뒤를 따랐다. 박쥐가 둘러선 사람들을 향해 비키라고 소리치는데 목에 불거진 혈관이 꿈틀거렸다. 사람들이 주춤주춤 물러섰다. 박쥐가 행동대원들에게 뭔가를 지시하고, 그들과 고얼이 눈짓을 주고받았다. 고얼이 박쥐를 향해 허리를 90도로 접고 머리를 조아렸다.

저 애가 정말 내가 아는 고얼이 맞을까.

박쥐 똥구멍이라도 핥을 폼이라고 시형이 중얼거렸다. 박쥐가 심부름이라도 시켰는지 고얼과 덩치가 해안을 따라 동쪽으로 달려갔다.

"저 자식이 정말 돌았나?"

"여기서 제정신으로 지내는 게 오히려 이상하지."

내가 고얼을 감싸고돈다며 시형이 입을 삐죽거렸다.

언제 왔는지 시루 선생님이 신입들 가까이에 서 있었다. 해산물을 채취하느라 매일 물속에서 지내서인지 얼굴이 해쓱했다. 박쥐가 선생님에게 다가가서 말을 건넸다. 가슴속에서 뭔가가 불뚝거렸다. 나는 우리가 선생님만을 따르고 의지하듯 선생님 또한 우리만의 선생님이기를 바랐다.

선생님은 라온에서 우리가 믿고 의지하는, 유일한 섬 주민이었다. 또 섬 주민들 중에서는 유일하게 보라색 피부였다. 오래전에 왼쪽 눈의 시력을 잃었다는데, 상냥하고 너그러웠다. 우리보다 열 살이 많은데 동안이었다. 갸름한 얼굴에 입꼬리가 살짝 올라가서 늘 웃고 있는 것처럼 보였다. 색으로 말하면 싱그러운 초록이라고나 할까, 헤엄칠 때면 몸이 해초처럼 살랑거렸다. 선생님이 매일 바닷속에서 채취한 것들이 우리 식탁에 올라왔다. 또 선생님은 번호로 불리던 우리에게 이름을 지어 주었다. 이름을 가져야 비로소 자신이 되는 거야. 이름을 갖게 되었을 때 보물을 얻은 것처럼 기뻤다. 이기주, 김고얼, 함무애, 손주안, 유시형, 고마로…. 모두 자기 이름에 만족했다. 또 선생님은 우리와 산책하고, 책을 읽은 뒤 토론했다. 우리가 쓴 글을 읽고 평도 해 주었다. 무엇보다 우리 말에 귀 기울여 주고 우리와 나눈 이야기는 비밀에 부쳤다. 선생님은 우리에게 여신과 같은 존재였다.

박쥐가 서슬이 퍼래서 구경꾼들을 향해 돌아가라고 소리쳤다. 시형이 우리에게 불똥 튀기 전에 돌아가자고 했다. 나는 신입들을 좀 더 지켜보고 싶어서 못 들은 척했다. 어떻게든 신입들을 만나고 싶었다. 그들은 어떻게 여기에 왔는지, 과거는 기억하는지 궁금했다.

박쥐의 행동대원들이 신입들을 옮기기 시작했다. 고얼과 덩치가 그 뒤를 따랐다.

"따라가 보자."

나는 시형을 향해 말했다.

"박쥐 집으로 가는데 거길 어떻게 들어가냐?"

이 섬에 온 지 1년이 지나도록 박쥐 집 근처에는 얼씬도 할 수 없었다. 섬 동쪽의 언덕, 해를 가장 먼저 받는 곳이었다. 근처가 기괴한 나무숲으로 둘러싸여 있고 경비도 삼엄하다고 들었다. 식인 물고기가 우글거리는 양어장이 있다는 소문도 있었다. 그동안은 굳이 갈 이유가 없었고 가 볼 엄두도 내지 못했다. 하지만 이번에는 위험을 무릅쓰고라도 들어가 보고 싶었다.

"들어갈 방법이야 찾으면 있겠지."

"기주 너 왜 자꾸 그래? 박쥐한테 걸리면 어쩔 건데?"

여태 말없이 입만 내밀고 있던 주안이 펄쩍 뛰었다.

"걸리면 걸리는 거지 까짓 거 쫓겨나기밖에 더하겠어?"

내가 목소리를 높이자 주안은 금세 풀이 죽었다.

우리의 숙소를 지은 뒤 박쥐는 제방을 쌓는 것 말고도 이런저런 규율을 정해서 우리에게 이래라 저래라 했다. 우리는 한동안 반항도 못 하고 시키는 대로 했다. 우리가 함께 있는 것만이 나날을 지탱하는 힘이었다.

그런데 어느 날부터인지 친구들이 하나둘 사라졌다. 마로를 비롯한 몇몇이 그들이었다. 사라진 뒤 한참이 지나서야 좋은 곳으로 갔다고 들었다. 거기는 어떤 데인지 친구들은 잘 지내고 있는지 궁금했다. 하지만 한번 떠난 친구들의 소식은 들을 수 없었다.

"야, 우리 이 섬을 나가 보는 게 어떨까? 언제까지나 이렇게 지낼 수는 없잖아."

"시형이 너 설마, 탈출?"

시형은 오래전부터 해 온 생각이라고 했다. 지금까지 들은 말 중 가장 신선한 말이었다.

"난 찬성!"

"니들은 왜 말도 안 되는 소릴 하고 그래?"

주안이 눈에 불을 켜고 계속했다.

"그랬다가 뿔뿔이 흩어지기라도 하면 어떡해? 그러느니 난 여기서 살 거야. 모두 같이 있기만 하면 지옥이라도 괜찮아."

가슴이 뭉클했다. 나 또한 무의식중에 그런 생각을 해 왔는지 모른다. 시형이 할 말이 있는 표정으로 나를 바라봤다.

"기주 너, 갈비뼈가 아프다고 했지? 사실은 나도 다친 무릎이 시큰거려."

"그래? 주안이 넌?"

주안이 딴청을 부렸다. 대답을 피하고 싶을 뿐, 부인하는 표정은 아니었다. 통증을 느끼고 있다면 곧 실토하겠지. 통증을 느끼는 건 좋은 징조가 아닐까. 산책과 운동을 더 부지런히 하자는 데 시형과 내 생각이 일치했다. 나는 내친김에 이상한 꿈은 안 꾸는지 물었다. 시형이 주안의 눈치를 보며 자기는 어디든 머리만 대면 잠들어서 꿈이 뭔지도 모른다고 농담했다. 주안은 더 이상 말하고 싶지 않다는 표정이었다. 시형이 주머니에서 네모난 물건을 꺼내 보여주었다.

"이거 좀 봐. 저번에 주안이가 해안가에서 주운 거랑 비슷해."

손에 쏙 들어오는 크기로 한쪽은 플라스틱 재질이고 한쪽은 검은색 유리로 되어 있었다. 위아래에 작은 구멍도 있었다. 안테나가 있는 것으로 보면 무전기 같은데, 너무 작고 가벼웠다. 아무리 봐도 어디에 쓰는 것인지 감이 오지 않았다. 이 섬에서는 있으나 마나 한 물건인데 벌써 두 개째였다. 신입들이 들어오면서 눈에 띄는 걸로 봐서 그들과 관련이 있지 싶었다. 시형이 물건을 요모조모 살폈다. 남다른 감식력을 가진 눈이었다. 또 이것저것 분해하고 조립하는 게 시형의 취미였다. 하다못해 열쇠 없이 자물통을 여는 데도 도통했다. 시형의 눈이 예리하게 빛났다.

"지금 그딴 게 문제가 아니야."

주안이 정색하며 말했다.

"그럼 뭐가 문제야?"

주안이 아무것도 아니라고 꽁무니를 빼는데, 뭔가를 숨기고 있는 눈빛이었다. 아무것도 아니긴 뭐가 아니냐고 내가 발끈하자 시형이 그만하라고 눈짓했다.

어느새 셋의 보폭과 속도가 한 사람이 걷는 것처럼 일정해졌다. 문득 시루 선생님이 떠올랐다. 아직 해안가에 있는 건가? 박쥐가 선생님에게 뭘 시키는 건 아니겠지? 몹시 궁금했지만 대화의 맥을 끊고 싶지 않아 입 밖으로 내지 않았다. 나는 이야기를 더 하고 싶어서 내 숙소로 가자고 했다.

숙소라고 해 봐야 앉으면 서너 명, 누우면 겨우 두 명이나 들어갈 정도로 좁은 방갈로 형태의 방에 불과했다. 섬 중앙의 평지에 펼쳐진 숲 한가운데 있는 우물을 중심으로 숙소들이 빙 둘러져 있었다. 박쥐가 멀리서도 감시하기 좋은 구조라는 걸 나중에야 깨달았다. 크게 A, B, C, D 네 개의 구역으로 나뉘는데 A구역은 남동쪽, B구역은 북동쪽, C구역은 북서쪽, D구역은 남서쪽이었다. 우리는 제비뽑기로 숙소를 배정받았다. 시형과 주안, 무애와 나는 C구역, 마로와 고얼은 A구역이었다. 구역 간에는 상당한 거리가 있었다. 우리는 우리만의 장소를 정해 리본을 걸어서 연락을 취했다. 붉은 리본은 긴급회의, 노란 리본은 운동, 파란 리본은 모여 놀기 식이었다. 하지만 이따금 자물쇠 비밀번호를 바꾸듯이 색을 바꾸기도 했다.

내 숙소에 도착했는데도 주안은 입을 열기는커녕 앉지도 않았다. 그러면서 이것저것 만지고 이불이 꼬질꼬질하다, 잡동사니가 많다, 정리 좀 해라, 구시렁거렸다.

"너 지금 장난하냐? 사람 쫄게 만들고는. 가뜩이나 심란한데."

말이 또 뾰족하게 나갔다. 주안이 머리칼을 쥐어뜯을 듯이 움켜쥐었다. 잘못 건드렸다가는 곧장 밖으로 뛰쳐나갈 기세였다. 심하면 눈동자가 뒤집히고 입에 거품을 문 채 쓰러지기도 하는 애였다. 시형이 나에게 그만하라고 눈을 깜박이고는 주안의 어깨를 툭 쳤다. 주안이 내 눈치를 보며 일어섰다. 둘은 오늘 안으로 무너진 돌다리를 복구해야 한다. 둘이 새벽까지 쏘다니다가 걸려서 받은 벌이었다.

"참, 고얼이 턱 아래쪽에 이상한 거 못 봤어?"

시형이 중요한 걸 잊고 있다가 이제야 떠올렸다는 듯 말했다.

"혹시 흉터? 잎담배 갖고 장난친 거 아냐?"

시형이 고개를 저었다. 분홍색 반점이 분명하다고. 그러고 보니 익숙해서 오히려 무심코 지나쳤던 자국이었다. 가슴이 철렁했다.

모두가 공동 숙소에서 지낼 때였다. 우리는 아무 생각 없이 어울려 다녔다. 이따금 책을 읽고 토론도 했는데 대부분 특별할 것도 없는 이야기에 그저 그런 말장난이 전부였다. 거기에 싫증이 나면 가위바위보나 팔씨름을 하면서 깔깔거렸다. 지금 생각해 보면 딱히 재미있어서라기보다 낯선 곳을 견디기 위한 안간힘에 불과했다. 우리가 의식하지 못했을 뿐 그때부터 뭔가가 시작됐는지 모른다. 식후에는 꼭 알약을 먹었으니까. 우리가 바다에서 떠밀려 온 만큼 세균에 노출되었을 거라고 하기에 그런가 보다 했다. 한번은 장난삼아 그걸 삼키지 않고 뱉어 버렸다. 호기심에 몇 번 더 해 봤다. 아무 일도 일어나지 않았으므로 더 이상 그걸 먹어야 할 필요를 느끼지 못했다. 나중에는 아예 무심해졌다. 어느 날 산책 후에 씻으려고 웃옷을 벗었을 때였다. 고얼이 내 등에 이상한 반점이 있다고 했다. 그즈음 사타구니 부근에도 그런 게 생겼다. 알약 때문이라는 감이 왔지만 시치미를 떼었다. 그런데 반점은 시시각각 늘어나고 커졌다. 덩달아 속이 메스껍고 몸이 축축 늘어졌다. 결국 박쥐에게 들키고 말았다. 무슨 짓을 한 게냐? 또 그러면 넌 추방이야. 나는 두 번 다시 그러지 않았다. 그때나 지금이나 혼자 이 섬을 나간다는 건 생각만 해도 끔찍했다. 각자의 숙소를 배정받은 뒤로 알약을 먹지 않아도 된다고 했다. 우리의 건강이 좋아진 거라고 여겨 안도했다. 그런데 왜 고얼에게 반점이 생겼을까. 그때 먹었던 알약을 먹으면 괜찮아질까.

반점이 아닌데 시형과 내가 과민한 거라고 믿고 싶었다. 그런데 한번 일어난 의혹은 사그라지지 않았다. 고얼과 해안가에서 몸싸움을 한 게 후회되었다. 그러고 보니 내가 주먹을 날렸을 때 고얼이 쓰러진 것도 꺼림칙했다. 내 주먹이 센 것도 아니고, 정면 공격을 했다지만 누구보다 민첩한 고얼이었다. 마음만 먹었다면 얼마든지 나를 넘어뜨리고 등짝을 짓밟았을 텐데. 그러지 않은 이유가 뭘까. 설마 나를 상대하지 못할 정도로 기력이 떨어진 건 아니겠지?

시형과 내가 이야기하는 사이에 문을 나서던 주안이 넘어졌다. 괜찮냐고 물었는데 주안은 대답도 하지 않고 문을 나섰다.

"쟤가 왜 저러냐? 하는 짓마다 이상하네."

시형이 내 말에는 대꾸하지 않고 신입들을 다시 입에 올렸다. 어떻게든 만나 볼 방법을 찾아야겠다고. 주안의 행동을 이상하게 여기면서도 말을 돌리는 게 분명했다.

"오늘 밤에 가 보는 건 어때?"

"야, 네 눈이 영락없는 토끼 눈이야. 잠이나 자 둬. 무턱대고 덤빌 일이 아니라니까. 곧 정기 모임이잖아. 그때 박쥐랑 얘기 끝나고 우리끼리 따로 얘기해."

시형이 나를 타이르듯 말하고는 주안을 부르며 밖으로 나갔다.

시형과 주안이 떠나자 가슴이 횅했다. 마음이 다시 고얼에게로 향했다.

고얼은 남다른 데가 있었다. 체구는 작지만 강단이 있고 외모도 준수했다. 운동으로 다져진 몸은 누가 봐도 근사했다. 산책할 때면 뒤처지는 친구를 이끌어 주고 맛있는 음식을 친구들 앞으로 밀어 주었다. 위기에 처할 때마다 돌파구를 찾아내고, 무엇보다 친구들을 위한 일이라면 몸을 아끼지 않았다. 제방을 쌓을 때만 해도 매번 위험부담이 많은 야간조를 선택했다. 또 자기 몫을 끝내고 친구들을 도왔다. 난 체력이 좋잖아, 라고 말했지만 그건 체력의 문제가 아니었다.

고얼과 뭐든 이야기하고 싶었다. 아지트에 가면 만날 수 있겠지.

숙소를 나서서 몇 발짝 떼었는데 시형이 다가왔다. 시형의 뒤에 주안이 엉거주춤 서 있었다.

"주안이가 할 말이 있대."

결국 말할 걸 그렇게 뜸을 들였냐는 말이 목구멍까지 올라왔지만 꾹 참고 어질러진 물건들을 정리했다. 말할 테니까 그만하라며 주안이 눈을 흘겼다. 자식, 진작 그럴 것이지. 주안은 다시 한참 머뭇거린 뒤에야 겨우 입을 열었다.

"엊그제 이상한 사람들이 다녀갔어. 있잖아, 붉은 사막."

붉은 사막이라는 말에 귀가 번쩍 열렸다. 이 섬의 동쪽에 그런 곳이 있다고 들었다. 먼 옛날 호수였던 곳이 급격히 사막화되어 붉은 모래로 뒤덮인 곳. 자원은 부족하지만 풍광만은 신비할 정도로 아름다웠다. 그곳 사람들은 눈이 튀어나오고 등이 구부정하다고 했다. 하지만 소문만 무성했지 확인된 건 없었다.

"정말? 어떻게 생겼어? 개구리눈에 등이 굽었어?"

"생긴 건 모르겠고 마스크를 썼어."

"마스크? 뭘 가리려고 쓴 건가? 암튼 그건 그렇다 치고, 왜 왔대?"

주안이 또 뜸을 들였다. 나는 또 왜 그러냐, 빨리 말하라고 채근

했다. 주안이 움찔하더니 결심한 듯 입을 열었다.

"신입들을 사려."

"뭐?"

주안이 그들이 주고받은 말을 옮겼다.

애들 상태가 아주 좋아요. 확실한 거죠? 그건 보장할 테니 대신 값은….

뇌가 마비된 것처럼 아무 생각도 할 수 없었다. 물건도 아니고 신입들을 팔다니. 아니, 박쥐라면 충분히 그러고도 남을 위인이었다. 그런데 신입들을 왜 팔아먹는다는 건가. 붉은 사막은 어떤 곳이기에 신입들이 필요한 거지? 애들 상태가 좋기 때문에 비싼 값에 팔겠다는 건 또 뭐고. 상태라는 건 뭘 말하는 건가.

"신입들을 팔아먹는다면 혹시 우리도 팔아먹는 거 아냐?"

"기주야, 너무 앞서가지는 말고. 우리를 팔아먹을 거면 벌써 팔아먹었겠지. 우리가 걔들보다 훨씬 먼저 왔는데."

나도 그렇게 위안 삼으려고 했지만 의혹이 가시지 않았다.

"걔들 상태가 좋아서 비싸게 판다는 거 아냐? 우린 상태가 안 좋아서 못 팔아먹는 거고."

"뭘 그렇게 생각할 것까지 있냐? 우릴 팔아먹을 이유가 없잖아."

"그건 알 수 없지. 그동안 사라진 애들 말이야, 생각해 보니까 비교적 몸 상태가 좋은 애들이었어. 마로만 해도 타박상만 입었잖아."

"듣고 보니 그러네. 그럼 걔들이 다 거기로 팔려 갔다는 거야?"

"아니라는 증거도 없잖아. 암튼 이건 보통 일이 아니야. 그냥 넘어가면 안 될 거 같아."

주안이 그만 좀 하라며 나를 쏘아보고는 계속했다. 박쥐가 얼마나 무서운 자인지 알았으니까 가만있어야 한다. 우리가 뭘 해도 금방 들통나고 말 거다. 속사포 쏘듯 하는 주안의 혀가 꼬이고 입술이 떨렸다. 내가 반박하려고 하자 시형이 막으면서 주안을 달랬다. 우리끼리는 아무리 떠들어 봤자 답이 나오지 않았다. 결국 선생님과 의논하자는 게 결론이었다.

우리는 서둘러 선생님의 숙소를 향해 걸었다.

선생님의 숙소는 해안가에 인접해 있었다. 우리가 온 뒤 줄곧 C 구역에서 지냈는데, 최근에 해산물 채취를 이유로 옮겼다. 그 뒤로 얼굴 보기도 어려웠다. 늘 그 자리에서 그늘을 만들어 주던 나무의 잎들이 갑자기 사라져 땡볕 아래 서 있는 기분이었다.

선생님의 숙소는 텅 비어 있었다. 막다른 골목에 다다른 것처럼 맥이 빠졌다. 우리는 어깨를 나란히 하고 수평선을 바라봤다.

섬들 사이로 해가 기울기 시작하더니 어느새 하늘이 보랏빛을 띠었다. 우리 피부색과 같은 보랏빛. 어둠의 시작을 알리는 빛이 오늘따라 더욱 스산하게 다가왔다. 백과사전에도 없는 보라색 피부라니. 왜 우리 피부는 보라색일까. 우리가 모르는 이 섬의 비밀은 뭘까. 이 섬 밖의 세상은 이 섬과 어떻게 다를까. 우리가 살았던 곳은 어디이며 어떤 곳일까. 우리는 거기서 뭘 하며 지냈을까.

사방에 어둠이 드리웠다. 일주일 전부터 불이 꺼진 등대는 조악한 조형물에 불과했다. 왜 하필 신입들이 밀려오는 이즈음에 등대의 불이 꺼졌을까. 우연이라고 하기에는 왠지 꺼림칙했다.

*

밤새 뒤척이다 새벽에 잠깐 잠들었다. 몽롱한 의식 속에서 주변은 아수라장이고 의미를 알 수 없는 아우성이 귀를 찢을 듯했다. 날카로운 소리들이 이명으로 달라붙어 혼을 야금야금 갉아먹는 느낌이었다. 고얼의 아지트에 가고 싶지만 시간이 너무 일렀다. 해안가로 방향을 틀었다.

해무가 드리운 해안가는 내 머릿속처럼 뿌옜다. 두 팔을 양옆으로 활짝 벌렸다. 바람이 가슴속으로 훅 들어왔다. 순간, 웅성거리는 소리가 들렸다. 나는 소리의 방향을 따라 걸음을 옮겼다. 매캐한 냄새가 코를 간질였다.

장작 창고 쪽에서 불길이 일었다. 박쥐와 행동대원, 주민 몇 명이 서성거렸다.

이 새벽에 뭘 태우는 거지?

나는 발소리를 죽이며 그들 쪽으로 다가갔다.

얼마쯤 지났을까. 불길이 차차 사그라지고 안개도 걷히기 시작했다. 박쥐와 행동대원들이 자리를 뜨고, 주민들이 잔해를 수습했다. 그들이 수습하는 뼈를 보는 순간, 소름이 끼쳤다.

이 사람 몸이 멀쩡해서 붉은 사막으로 보낼 줄 알았는데. 몸이 멀쩡하면 뭐하나, 다 늙은 걸. 그건 그러네만. 제사장도 참 자기한테 반발 좀 했다고 이렇게까지 할 건 뭔가? 두말하면 잔소리지, 말해 뭘하나….

섬 주민들이 혀를 차며 말을 주고받았다. 붉은 사막은 어떤 곳이기에 몸이 멀쩡한지 여부와 나이가 문제 된다는 건가. 또 박쥐에게 반발한 사람이라면, 사흘 전 우리 또래 두 명과 함께 들어온 늙은 신입이었다. 그는 또래 신입들과는 달리 피부도 황색이었다. 박쥐는 그가 못마땅한 눈치였지만 신입들이 오면 늘 그러듯 일장 연설을 시작했다. '라온에 오신 걸 진심으로 환영합니다. 편안히 모시겠습니다…' 박쥐의 말이 끝나기도 전에 늙은 신입의 입에서 욕이 튀어나왔다. 거짓말하지 마. 씨발놈아! 너무 생생해서 오히려 잘못 들었나 했을 정도였다. 처리해! 박쥐가 한 마디를 내뱉고는 쌩하게 돌아섰다.

그때는 살벌한 분위기에 압도되어 아무것도 생각하지 못했다. 아직도 그것은 풀리지 않는 수수께끼로 남아 있다. 그 사람을 죽여 화장하다니. 수수께끼가 풀리기는커녕 더 꼬여 버렸다.

모두 돌아가자 아무 일도 없었다는 듯이 해안가에 정적이 찾아왔다. 다리가 후들거려 간신히 걸음을 떼었다.

A구역과 B구역 사이의 숲 어디쯤에 아지트가 있다고 들었다. 어깨너머로 들은 걸 표지 삼아 걸었다. 한참을 그 자리에서 빙빙 돌다가 햇볕에 탈색된 나무문 앞에서 멈춰 섰다. 주변이 온통 가시덤불로 둘러싸여 있어서 무슨 비밀 공간으로 통하는 문처럼 보였다. 문 앞에서 서성거리고 있는데 문이 열리는 기척이 났다. 얼른 덤불 뒤로 숨었다. 한 아이가 밖으로 나와 오줌을 누고는 어디론가 급히 걸어갔다. 문 잠그는 걸 깜박한 듯 문이 빠끔히 열려 있었다. 나는 잽싸게 안으로 들어갔다.

어두컴컴한 공간에서 맵싸한 냄새가 훅 끼쳤다. 그들은 무슨 주문을 외듯 웅얼거리면서 뭔가를 빻고 배합했다. 불의 온도를 잊은 대장장이를 연상케 하는 모습이었다. 또한 그들은 눈빛과 손짓, 발짓으로 소통했다. 그들만의 은밀한 신호와 동작에서 나는 소외감을 느꼈다. 또 그들이 도모하는 일이 매우 위험한 것임을 감지했다. 순간, 탈출이라는 단어가 날아와 귀에 박혔다.

"너네 그거 무슨 말이야?"

나를 보고 모두 놀라 행동을 멈췄다. 고얼만이 나를 쳐다보지 않았다.

"고얼아, 얘기 좀 해."

소리치는 순간, 커다란 손이 내 목덜미를 낚아챘다. 덩치! 나는 그의 손을 뿌리쳤다. 그가 내 옆구리를 걷어찼다.

"그만해."

고얼이 말하자 그가 뜨악하게 고얼을 쳐다봤다.

"다 들었어. 니들이 한 말. 탈출 말이야, 다른 애들도 같은 생각이야. 같이하자."

고얼은 여전히 나를 투명인간 취급했다. 덩치가 다시 내 팔을 잡았고, 결국 나는 덩치에게 질질 끌려 문밖으로 밀려났다. 순순히 돌아가는 게 좋을 거라고 덩치가 충고했다. 싸늘한 몸짓이었지만 해안가에서 본, 광기로 번득이는 눈은 아니었다. 거기에서 나는 어떤 여지를 보았다. 고얼과 얘기하게 해 달라고, 이번에는 목에 힘을 빼고 말했다. 시간 낭비하지 말고 돌아가. 쐐기 박듯 하고 돌아서는 그의 뒷모습에 비장함마저 깃들어 있었다. 문 닫히는 소리가 가슴으로 떨어졌다. 안으로 걸린 문은 더 이상 열리지 않았다.

각자의 숙소가 생긴 뒤로 나는 숙소에 틀어박혔다. 외출이라고 해야 고작 보관소에 드나드는 정도였다. 거기에서 책을 뒤적거리며 이 섬이 어떤 곳인지, 왜 우리가 여기로 왔는지, 우리가 여기로 오기 전 우리에게 무슨 일이 있었는지에 골몰했다. 잠자리에 들 때마저도 생각의 끈을 놓지 않았다. 번번이 낭떠러지 앞에 서 있는 악몽에 시달렸다. 가을이 시작될 무렵, 고얼이 몸이 근질근질하다며 다이빙을 제안했다. 안 그래도 악몽 때문에 낭떠러지 생각만 해도 가슴이 벌렁거리는데 다이빙이라니. 난 못 해. 고얼이 수영 연습을 해 두라고 하면서 돌아섰다. 전부터 고얼은 친구들에게 수영 연습을 강조했었다. 어쨌거나 그 뒤로 얼마 안 가서 마로와 어울려 시도 때도 없이 춤을 추었다. 그들뿐 아니라 그 구역의 모두가 몸을 흔들어 댔다. 그것은 열병처럼 걷잡을 수 없이, 급속도로 퍼져 나갔다. 그들은 몸을 흔들어 대며 미친 듯이 웃었다. 어떻게 보면 딱히 춤이라고 할 수도 없었다. 온몸을 쥐어짜듯이 비틀고 몸에서 뭘 털어 내는, 괴이한 몸짓에 불과했다. 겨울로 접어들 즈음, 고얼과 마로가 어딘가로 끌려갔다. 보름쯤 지나서 고얼만 돌아오고 마로는 돌아오지 않았다. 고얼이 그 일에 대해 입을 다물었기 때문에 온갖 억측이 떠돌아다녔다. 그 뒤로 고얼이 아지트를 만들고 몇 명과 무리지어 다니면서 알코올 성분이 든 물약을 마시고 잎담배를 피웠다. 마로를 잃은 상실감을 그런 식으로 달래는 거라고 여겨 모두 고얼을 감싸 주었다. 하지만 누구도 선뜻 고얼에게 다가가지는 못했다. 나 또한 다이빙을 같이하지 못한 것에 대해 사과하고 싶었지만 용기를 내지 못했고 어영부영하다가 시기를 놓쳤다. 요즘 신입들이 들어오면서 고얼의 눈에 날이 서 있었다. 또 고얼답지 않은 행동만 골라서 했다. 신입들에게 하는 짓만 해도 그랬다. 고얼이 이렇게 된 데는 내 책임이 컸다. 고얼이 다이빙 운운했을 때 따라나섰어야 했는데. 아니, 해안가에서 주먹다짐까지 했으니 더 나빠질 것도 없지 않을까. 지금이라도 고얼에게 사과하고 다시 시작하면 되겠지.

*

숲은 안으로 들어갈수록 습했다. 군데군데 보이지 않는 늪과 웅덩이가 있어 조금만 방심해도 발이 빠졌다. 조심조심 발을 내딛었다. 바스락거리는 기척이 나더니 아기 양이 달려왔다. 근처의 바위 구멍이 아기 양의 보금자리였다. 늘 그렇듯이 아기 양은 여기저기 기웃거렸다. 멀리 양 떼가 보이자 냅다 달음박질쳐서 무리에 합류했다.

생각 없이 걸었는데 박쥐 집 방향이었다.

섬은 해안선 동쪽으로 약 10킬로미터 떨어진 해발 500여 미터의 산으로부터 혈맥이 시작되었다. 거기서부터 북쪽 5킬로미터 지점의, 해발 300미터에 이르는 봉우리와 서북쪽의 산을 거쳐 지네 모양의 구릉으로 이어졌다. 그 구릉에서 흘러내린 산세가 낮아졌다가 섬의 중앙에 이르러 넓은 평지를 이루었다. 섬의 어디로 가나 숲이어서 온 섬이 나무에 파묻혀 있다고 해도 과언이 아니었다. 나무의 이파리가 사람 머리통만 하고 색깔도 가지각색이었다. 너무 현란해서 오히려 인공적으로 보였다. 나무가 많은 것은 땅이 습하기 때문인데, 풍수지리에 의하면 지네가 습기를 좋아했다. 어쨌거나 그 풍광이 자아내는 특유의 분위기가 섬을 지배했다. 숲으로 깊이 들어가면 기이한 세계에 발을 디디는 기분이었다. 군데군데 바다로 향하는 물길이 열려 있어 어디서든 바다로 나갈 수 있었다.

드디어 박쥐 집 근처의 언덕에 다다랐다. 섬이 한눈에 내려다보였다. 성처럼 우뚝 솟은 집은 돌담으로 둘러싸였다. 출입문은 여러 개인데 모두 굳게 닫혀 있었다. 안에서 무슨 일이 벌어져도 밖에서는 알 수 없는 구조. 괴기스러운 이야기 속에 나오는 풍경 같다고나 할까. 소문대로 식인 물고기들이 우글거리는 양어장이 있을 법한 분위기였다. 주변은 너무 고요해서 오히려 음산했다. 발소리를 죽이고 조심조심 걸었다. 풀숲에서 무슨 소리가 났다. 뱀이 고개를 내밀었다. 등줄기가 서늘했다. 미끈거리는 것이 발목에 감기는 상상만으로도 소름이 끼쳤다. 이런 데서 뱀을 만나는 건 물속에서 동작이 날랜 물고기를 만나는 것과는 확실히 달랐다. 나는 잽싸게 몸을 움직였다. 뱀은 간신히 피했는데 엉킨 가시들이 정강이를 찔러댔다. 작은 소리 하나에도, 심지어 내 발소리에도 지레 움찔했다. 자칫 잘못하다가 쥐도 새도 모르게 끌려갈 수도 있겠지. 나는 숨소리를 죽인 채 주변을 두리번거렸다. 멀리 한 지점에 시선이 꽂혔다. A구역 아이 셋이 일렬로 서고 정찰병이 곤봉을 휘두르며 뒤따랐다. 그들이 박쥐 집 문 앞에 다다르자 곧 문이 열렸다. 한 아이가 대열을 이탈해서 뒤쪽으로 튀었다. 정찰병이 달려가 곤봉으로 그 아이의 옆구리를 찔렀다. 흐트러졌던 대열이 다시 정비되고 아이들이 박쥐 집 안으로 끌려 들어갔다. 그들의 이동 경로에 서 있는

나무들마저 축 처져 있었다. 언덕 아래로 드문드문 자리한 집들이
날개를 접고 앉은 까마귀 떼처럼 보였다.

*

달이 떠오르고 있었다. 보름을 앞둔 달은 더없이 밝아 온 섬이
달빛 속에 들어앉은 것 같았다. 이 섬에 온 뒤 텅 빈 가슴을 채워
준 건 달빛이었다. 하루하루를 달빛에 의지해 지냈다고 해도 과언
이 아니었다. 우물에 비친 달에 소원을 빌기도 했다.

멀리 낚시 포인트에서 불빛이 반짝거렸다. 발이 그쪽으로 향
했다.

낚싯대를 드리우고 앉아 있는 첸의 모습이 보였다. 머뭇거리다
가 그에게로 다가갔다.

"기주가 웬일이냐? 빈손인 걸 보니 낚시하러 나온 것 같지는 않
은데."

고대하던 순간이 왔는데도 입이 떨어지지 않았다. 오래전부터
이야기를 나누고 싶었다고 해야 할까. 부탁이 있다고 해야 하나?
아무 말도 하지 말고 돌아갈까 하는 생각마저 들었다. 불쑥 찾아와
서 죄송하다고 하자 그가 잘 왔다고 어깨를 두드려 주었다.

"늘 여기서 이렇게 지내신다고 들었어요."

"이보다 더 좋을 수는 없지."

그저 바다를 바라보는 게 좋다는 걸까. 낚시가 좋다는 걸까. 홀로 있는 것이 좋다는 것인지도 모른다. 무엇에도 집착하지 않음으로써 가질 수 있는 여유와 카리스마가 그에게 있었다. 표정에는 오랜 세월 고독하게 자존을 지켜 온 사람만이 가질 법한 위엄이 드리웠다.

멀리 잔잔한 물결 위로 고래 한 마리가 검은 등을 드러냈다.

"제 어미를 찾아온 게다."

처음 저 고래를 보았을 때 그는 자신이 바다로 돌려보낸 새끼 고래라는 걸 한눈에 알아봤다. 새끼 고래가 어미를 찾아 종종 이곳에 오는데 새끼 고래도 이제 어미가 되었다.

가슴이 찡했다. 뭐든 하고 싶은 말이 있으면 해 보라고 그의 눈이 말하고 있었다.

"사실은 요즘 이상한 걸 봐요. 처음에는 꿈인 줄 알았는데 꿈이 아닌 거 같아요."

그가 좀 더 자세히 말해 보라고 했다. 나는 요즘 무의식 속에서 자주 보는 장면들에 대해 말했다.

"머릿속에 떠오르는 것들을 불러내고 마음의 소리에 귀를 기울여야 한다."

기억이란 서서히 혹은 갑작스럽게 떠오르는 경험의 조각이었다. 또한 그걸 놓지 않고 붙잡는 의지의 산물이었다. 거기에서 뭔가를 이끌어 내려는 노력의 결과물이기도 했다.

"뭔가가 떠오를 것 같다가도 곧 사라져 버려요."

"사라지려고 하는 힘에 맞서는 것 또한 기억이지."

설령 사라졌다고 해도 생각하고 또 생각해서 흩어진 기억들을 모아 이어 붙여야 한다. 그건 누구에게 배우는 게 아니라 스스로 터득하는 거였다.

텅 빈 벌판을 헤맨 끝에 신기루를 찾은 기분이었다. 그가 무슨 생각에 잠겼다가 다시 말문을 열었다.

"기억을 되찾아야만 자기가 누구인지 알게 된다. 자기가 누구인지 알게 되면 뭘 해야 할지도 알게 될 테고."

기억을 되찾으면, 이 섬을 떠날 수 있다고 하거나 과거에 살던 곳으로 돌아갈 수 있다고 하면 좋았을 텐데. 삶이란 수수께끼를 푸는 거라고, 그걸 풀고 난 이후와 이전이 있는 거라고 말하는 게 아닌가. 붉은 사막은 어떤 곳인지 고얼에게 왜 반점이 생겼는지, 박쥐가 늙은 신입을 죽이고 화장한 이유는 뭔지, 묻고 싶은 게 한두 가지가 아니었다. 하지만 그와의 대화가 처음이고 그는 여전히 어려운 존재였다. 무엇보다 이 섬을 떠나고 싶다는 말을 할 수가 없었다. 그걸 말하지 못할 거라면 다른 걸 물어서도 안 되겠지.

그가 한숨을 내쉬면서 하늘을 올려다봤다. 그의 어깨 너머로 반백의 머리카락이 흩날렸다. 그새 달은 빛을 잃어 가는 중이었다. 검은 하늘과 몸을 섞은 대기가 이슬을 내뿜었다. 차갑고 축축한 공기가 뺨에 와 닿았다.

"달빛이 심상치 않구나."

불길한 징조라고 말하는 표정이었다. 또 뭔가를 고심하는 빛이 역력했다. 늦었으니 그만 돌아가라고 하면서 그가 자리에서 일어섰다. 그와 뭔가 더 이야기하고 싶은데 그는 벌써 돌아서서 걷고 있었다. 그가 보이지 않을 때까지 나는 그 자리에 우두커니 서 있었다.

숙소를 향해 가는데 이따금 보는 새 한 마리가 날아왔다. 붉은 깃털에 부리가 노란 새! 늘 그렇듯 지저귀지도 않고, 내 머리 위를 돌다가 멀어지고 다시 돌아오기를 반복했다. 저 새도 나처럼 길을 잃고 헤매는 걸까. 말주변도 없고 더듬거리기 일쑤인 걸 보면 내 안에도 벙어리 새가 살고 있는지 모른다. 새의 움직임을 따라 데이지가 화관을 흔들었다.

2

잠속의 꿈과 꿈속의 잠이 이어졌다. 머릿속에 맴도는 것을 붙잡고 싶지만 잡으려고 하는 순간, 사라지고 말았다. 오늘은 '휴'에서 정기 모임이 있는 날이었다. 얼른 자리를 털고 일어났다.

휴는 쉬고 싶을 때 가서 음악을 듣고 그림도 그리는 일종의 쉼터였다. 이따금 잼을 비롯해 간식거리를 만들기도 했다. 또 요리 담당인 주안이 음식을 만들어 저장고에 보관해 두었다. 그걸 적당히 덜어서 숙소로 가져가거나 특별한 음식이 있을 때는 모여서 먹기도 했다. 그래서 공간의 이름도 '휴'로 정했는데 한 달에 한 번 박쥐가 끼어들었다. 그때만은 격의 없는 대화를 허용하겠다고 했지만 곧이들리지 않았다. 우리의 근황을 엿보고 감시하려는 속셈이 뻔했다.

휴로 가는 길에 보관소에 들러 붉은 사막이 어떤 곳인지 백과사전이라도 뒤져 봐야지.

보관소는 커다란 바위 옆에 있다. 전망이 좋아서 보관소의 위치로는 그만이었다. 사방으로 이어지는 물길의 중심, 이 섬에서 가장 마음에 드는 공간을 꼽으라면 단연 보관소였다. 아담한 규모로 보나 시설의 용도로 보나 책과 잡동사니를 보관하는 창고 수준에 불과했다. 하지만 그곳만의 특유한 공기가 있었다. 오래 묵은 책들과 골동품들이 뿜어내는 냄새는 언제 맡아도 설렜다. 그 냄새의 길을 좇다 보면 시 속의 주인공들이 말을 걸어왔다. 해가 시든 뒤 엄마를 기다리는 아이가, 사랑하는 여자를 잃은 아침 함박눈이 그리는 지도를 보는 사람이, 흰 눈 폭폭 나리는 날 사랑하는 여자와 흰 당나귀를 타고 오두막집으로 떠나려는 이가 벽에서, 서가에서 걸어 나왔다. 툭 던져진 단어 하나에서도 상상은 끝없이 뻗어 나갔다. 그것이 생각을 꽃피우게 하고 알 수 없는 힘을 안겨 주었다. 무엇보다 상상의 세계에 발을 디디는 순간, 이 섬이 아닌 다른 곳에 다다른 느낌이었다. 내 기억의 보관소 어디쯤이라고 생각하면 뭉클하기까지 했다.

혹시나 했는데 무애가 서가를 정리하고 있었다. 가슴이 두근거렸다. 어깨를 덮는 머리칼과 숯처럼 까만 눈동자, 입술 양쪽에 살짝 팬 보조개가 눈길을 붙들었다. 눈 밑에 점점이 박힌 주근깨는 귀엽기까지 했다. 오늘은 머리에 꽂은 나비 핀이 돋보였다. 우물쭈물하고 있는데 무애가 먼저 인사를 건넸다. 일찍 왔네. 나는 어어, 하고는 눈을 어디다 둘지 몰라 허둥댔다. 마침 문이 열리는 신호인

청동뻐꾸기 우는 소리가 났다. 시형이 주머니에 손을 찔러 넣은 채들어왔다.

"날도 꿀꿀한데 여기서 뭐 하나?"

"보다시피 아무것도 안 해."

"근데 왜 그리 죽상이냐?"

나는 어제 박쥐 집 근처까지 갔다 왔다고 했다. 시형이 간이 배밖으로 나오셨네, 하고 비아냥거리며 무슨 소득이 있었냐고 물었다. 소득은커녕 A구역 아이들이 박쥐 집으로 끌려가는 걸 봤다고말했다. 시형이 친구들 모두가 한번 모여야 할 때라고, 휴로 가면서 더 얘기하자고 했다. 나는 무애와 함께 가고 싶어서 찾아볼 게있다고 핑계를 댔다.

"오늘은 박쥐 딸도 온다나 봐. 당분간 우리 구역 숙소에서 지낼거래. 비어 있는 데 있잖아."

박쥐의 딸까지 온다니, 무슨 꿍꿍이가 있는 걸까.

시형이 문을 나서다 말고 돌아왔다.

"야, 깜박했다. 이거 낚시터에서 주웠는데 저번에 주운 것들이랑 관련 있는 물건 같아."

정사각형의 부속품에 기다란 줄로 연결된 잭이 달려 있었다. 좀더 살펴봐야겠다며 시형이 그걸 다시 주머니에 넣고 문을 나섰다.

나는 곧장 백과사전을 뒤졌다. 그 물건과 비슷한 사진이 나오면촉각을 곤두세웠지만 결과는 신통치 않았다. 어느 결에 무애가 옆으로 다가와 있었다. 나에게 뭘 찾는 거냐고 묻지도 않았는데, 남자들이나 관심 갖는 거라는 말이 튀어나왔다. 나도 모르게 손이 뒤통수로 올라갔다. 무애는 그런 것에는 개의치 않는다는 표정으로 백과사전의 한 페이지를 열었다.

"이거 좀 봐."

네모난 물건의 사진이었다. 개인이 단말기를 들고 다니면서 통화할 수 있는 디지털 무선 전화기, **휴대전화**! 이것저것 검색해서 정보도 알고 게임도 하고 사진도 찍는 물건이었다. 무애는 과거에 휴대전화를 사용했던 걸 어젯밤에 기억해 냈다. 나는 어디서 난 거냐고 물었다. 얘기가 좀 길다고, 오늘 모임 마치고 친구들끼리 따로 이야기하자며 무애가 서가 쪽으로 갔다.

나는 다시 백과사전을 뒤졌다. 붉은 사막, 섬, 호수, 붉은 모래…. 어디에도 붉은 사막이라는 지명은 나오지 않았다. 포기하고 백과사전을 막 덮으려는 차에 예상치 못한 단어에서 동공이 번쩍 열렸다. **소생**의 땅이자 **기적**의 땅!

먼 옛날 호수였던 곳이 급격히 사막화되어 붉은 모래로 뒤덮임…. 자원은 부족하지만 풍광만은 신비할 정도로 아름다운 곳. **2014**년에 기획하여 조성됨. 최첨단 의료장비 및 의료기술을 보유한 **소생**의 땅이자 **기적**의 땅. 기획 당시에는 **윤리적 논란**을 불러일으켰으나 사회적 논의를 거친 뒤 정책 입안자들이 내린 최선의 결정….

앞부분을 보면 붉은 사막이 분명했다. 그런데 뒷부분의 정보는 뭘까. 붉은 사막이 기획하여 조성된 곳이며 최첨단 의료장비와 의료기술을 보유하고 있다니. 어떤 곳인지 급 호기심이 일었다. 문제는 그런 곳에서 신입들을 데려간다는 건데. 대체 이유가 뭘까.

어느새 보관소의 유리 지붕 위로 해가 기울었다. 무애에게 먼저 가 보겠다고 하고 보관소를 나왔다.

멀리 바다와 주변의 정경이 한눈에 들어왔다. 누군가 물길을 따라 내려왔다. 보지 않고도 시루 선생님이라는 걸 알 수 있었다. 선생님을 만나러 숙소에 갔었다고 말했다. 선생님이 왜? 하고 물어야 하는데 그러지 않고, 뜬금없이 고얼을 입에 올렸다. 잠수 실력이 장난 아니더라. 나는 당혹스러웠다. 뭐라고 대답해야 할지 몰라 머뭇거리다가 고얼이가 걱정이라고 했다.

"난 고얼이보다 네가 더 걱정이야. 고얼인 강단이라도 있지."

선생님이 나를 밀어내는 느낌, 갑자기 닫혀 버린 문 앞에 선 기분이었다.

"요즘도 글을 쓰니?"

조금씩이요, 하면서 선생님의 표정을 살폈다. 선생님이 하늘을 향해 고개를 젖혔다.

"누구에게나 잘 맞는 일이 있다면 너한테는 글이지."

눈을 마주치지 않아서인지 부드러운 말투인데도 가슴에 와 닿지 않았다.

"아뇨. 저도 춤을 추고 싶어요."

선생님에 대한 반감에서 한 말이었다. 물론, 마로와 고얼을 연결 지으려는 의도도 있었다.

춤이라, 하며 선생님이 눈을 지그시 감았다. 마로를 떠올리는 거겠지. 마로에 대해서라면 누구도 쉽게 말할 수 없었다. 그 이름만으로도 아픔이었다. 나는 뭔가 더 말하고 싶었는데 시기를 놓치자 입술이 닫혀 버렸다.

"나 좀 봐, 전복 따야 하는데 이러고 있네. 조금 이따가 보자."

선생님이 다리 아래쪽으로 헤엄쳐 갔다. 그야말로 물길을 따라 흐르듯이. 그럼에도 허둥대는 느낌이 드는 건 왜일까. 아니, 선생님은 아무렇지도 않고, 선생님과 우리 사이에 아무 일도 없는데 나만 괜히 삐딱하게 생각하는 건가?

'휴'의 둥그런 지붕이 눈에 들어오자 걸음이 절로 빨라졌다.

*

시형과 무애, 주안이 야외용 식탁에 둘러앉아 있었다. 옆에서 화톳불이 타닥타닥 소리를 내며 타올랐다. 나는 시형에게 다가가 네모난 물건이 휴대전화라고 귓속말로 알려 주었다. 그래? 아까 그거 말이야, 휴대전화의 충전기 같아. 근데 전압이 안 맞아. 그렇구

나. 이따가 얘기하자. 시형이 말하며 엄지와 검지로 동그라미를 만들어 보였다.

주안이 샐러드와 해산물을 담은 접시들을 날라 왔다. 생선을 보기 좋게 저미어 소스와 버무리고 야채를 곁들였다.

"주안이 요리 솜씨는 대단해. 주안아, 언제 그 레시피 좀 알려 줘."

나는 일부러 큰소리로 말했다. 음식은 역시 레시피가 중요하다. 주안의 요리야말로 교향악 수준이다. 시형과 무애가 차례로 말을 보탰다.

어느 결에 박쥐가 나타났다. 그의 뒤로 우리 또래 여자애가 모습을 드러냈다. 호리호리한 몸에 갸름한 얼굴, 이목구비의 선이 고왔다. 목이 길어서인지 가지가 가느다란 진달래가 떠올랐다. 아무렇게나 묶은 머리에서 풋풋함이 물씬 풍겼다. 박쥐 과는 아니라는데 안심이 되었다.

"인사들 해라. 내 딸인데, 도회라고. 당분간 여기서 지내고 싶어 해서 말이다."

박쥐가 싯누런 이를 드러내며 억지웃음을 지었다. 눈은 세모꼴이 되어 바삐 움직였다. 모두 의례적인 박수로 그 애를 맞았다. 그 애는 표정 없이 고개를 끄덕이고는 이내 시선을 돌렸다. 턱을 들어 올린 채 다리를 꼬고 앉았다. 우리와 지내게 된 데 대한 기대감은 눈곱만큼도 없어 보였다.

"왜 여기서 지내고 싶은지 물어봐도 돼요?"

그 애는 대꾸가 없었다. 모두 내 질문을 못마땅하게 여기는 눈치였다. 박쥐가 헛기침을 하고는 서로 나이가 같으니까 친구로 지내라고 했다. 순간, 친구라는 단어가 줄행랑을 쳤다. 목을 가다듬는 박쥐의 눈썹과 입꼬리가 양옆으로 올라갔다.

"제방 말인데, 다시 쌓아야지? 그 전에 뭐 필요한 게 있으면 말해 봐라."

갑자기 왜 이러시나. 언뜻 듣기에는 호의적인 말인데, 속이 시커먼 자였다. 우리는 돌아가며 눈을 맞출 뿐 아무도 입을 열지 않았다. 쌓으면 뭐 해요? 비 한번 오면 무너지는 걸. 튀어나오려는 말을 꾹 눌렀다.

"이번엔 제대로 쌓아 봐라. 그래서 말인데."

모래와 점토가 섞인 흙을 구워 벽돌을 만들어야 한다고 했다. 그걸 제방 앞에 세우면 파도의 힘을 반으로 나눌 수 있었다. 유속을 분산시킴으로써 제방이 받는 파력을 줄이는 공법이었다. 그것도 안 되면 못 쓰는 배를 끌어다 쓸 거라나.

"근데 그건 왜 쌓는 거예요?"

입안에서 맴돌던 말이 기어이 튀어나왔다. 박쥐의 미간이 좁아졌다.

"너희들도 밥값은 해야 할 거 아니냐?"

박쥐가 엉뚱한 말을 하고는 잔소리를 시작했다. 일찍 일어나라.

잠은 정해진 시간에 자라. 일할 때는 딴생각 하지 말고 일에만 집중해라. 밥은 일정한 시간에 먹어라. 어울려 다니지 마라. 수영할 때 경계선 밖으로 나가지 마라. 감정을 쉽게 드러내지 마라. 심지어는 말도 많이 하지 말라고 했다. 책 같은 건 읽지 말라고 하면서는 나를 노려봤다. 나는 왜 그래야 하냐고 눈으로 말했다. 박쥐가 알아채고 머리에 쓸데없는 게 들어가서 걸핏하면 왜, 왜 하는 거다, 계속 그러면 책을 몽땅 불살라 버릴 거라고 덧붙였다. 뭐라고 반박해야 하는데 책을 불사른다는 말이 걸렸다.

"난 너희들을 위해서 할 수 있는 건 다 해 왔다. 내가 너희들한테 요구한 것도 없고 말이지."

어이가 없었다. 모두 그런 듯 시큰둥했다. 박쥐가 우리를 일별하며, 그러니까 자기를 믿고 따르면 된다고 했다. 그런 말이라면 더 이상 듣고 싶지도 않았다. 또 무슨 말을 하려는지 박쥐가 실눈을 떴다.

"아직도 내 마음을 모르겠냐? 너희들 정도 되니까 일도 시키는 거다."

무슨 급에 들어야 일도 시킨다는 말로 들렸다. 조금 전만 해도 이것도 하지 마라, 저것도 하지 마라 하더니 앞뒤도 맞지 않았다.

"저희들을 데리러 온다는 사람들이요, 언제 와요?"

벼르다가 한 말이었다. 박쥐의 눈썹이 꿈틀거렸다. 내 질문이 마음에 안 든다는 거겠지. 기왕 물었는데 오기가 났다.

"오긴 오는 거예요?"

"거기가 좋은 델 거 같으냐? 거기 가 봤자 다시 돌아오고 싶을 텐데."

박쥐가 말하다 말고 헛기침을 반복하고는 다시 말을 이었다.

"나는 가라고 사정해도 안 갈 거다. 거기서 데리러 오지 않는 걸 행운으로 여겨야지."

말이 대화지 질문에는 대답도 하지 않고 자기 하고 싶은 말만 했다. 대꾸할 가치도 없었다.

"보아하니 여기가 싫은 모양인데. 뭐, 원하면 당장이라도 보내 줄 수 있다."

너희들의 운명은 내 손에 달렸어, 라고 말하는 눈빛. 함정에 걸려든 느낌이었다. 거기는 대체 어디냐. 어떤 데냐. 물으려다가 꾹 참았다. 침묵이 유지되는 동안 살얼음판을 걷는 기분이었다.

"신입들은 잘 있어요?"

이번에는 정공법으로 물었다. 박쥐의 표정이 급변했다. 시형이 기주 네가 기어이 사고를 치는구나, 하는 표정으로 나를 쳐다봤다.

"그건 네가 상관할 바 아니다."

박쥐가 잘라 말하고는 딴전을 피웠다. 어색한 침묵이 흘렀다. 주안이 분위기를 바꾸려는 듯 무애의 연주를 들을 시간이라고 했다. 모두의 시선이 무애에게 집중되었다.

〈빈들의 소리〉, 그 곡을 듣고 싶었는데 이심전심이었다.

네 줄의 현이 만들어 내는 선율이 뜰을 지나 창공을 물들였다. 장중한 멜로디가 오늘따라 더욱 애잔했다. 도희마저 연주에 빠져 든 듯했다.

　오늘은 두 개의 해가 뜨고 두 개의 달이 떴어. 어느 것이 진짜인가. 어느 것이 가짜인가. 세상에 너무 많은 가짜들. 가짜들이 판치는 세상…

무애가 노래를 흥얼거렸다. 리듬은 급박하게 치닫고 가사는 알쏭달쏭했다. 그럼에도 가슴을 울리는 무언가가 있었다.
"무애 노래 죽인다."
연주만 잘하는 게 아니라 노래까지 잘하다니 이래서 신이 불공평하다고 하는 거다. 시형이 찬사를 연발했다. 나는 무애에게 직접 만든 노래냐고 물었다. 무애는 머릿속에서 뱅뱅 도는 걸 읊었을 뿐이라고 했다. 느닷없이 찾아온 방문객 앞에서처럼 얼떨떨했다. 순간, 시형의 입에서도 노래가 흘러나왔다.

　오늘은 두 개의 해가 지고 두 개의 달이 졌어. 어느 것이 진짜인가. 어느 것이 가짜인가. 세상에 너무 흔한 가짜들. 가짜들이 판치는 세상…

이건 뭐지? 모두의 눈이 의구심으로 달아올랐다. 무엇보다 박쥐의 표정이 굳었다. 분위기가 급히 얼어붙었다. 저 입에서 과연 무슨 말이 나올까. 그의 말 한마디가 분위기를 바꾸어 놓을 수도 있을 터였다. 도희도 박쥐와 우리 사이에 보이지 않는 지진이 일어나고 있는 걸 감지한 듯했다. 많이 걸어서 피곤하다고, 쉬어야겠다며 일어섰다. 시형이 벌떡 일어서더니 도희를 향해 꾸벅 고개를 숙였다.

"도움이 필요하면 언제든지 불러 주세요!"

시형 특유의 장난기가 밴 몸짓에 상기된 목소리였다. 대꾸도 없이 도희가 일어섰고, 곧이어 박쥐가 도희를 따라갔다.

드디어 기다리던 우리만의 시간이 왔다. 모두 무슨 얘기부터 해야 할지 몰라 망설이는 눈치였다. 마침 선생님이 모습을 드러냈다. 손에 든 바구니는 텅 비어 있었다.

"미안, 미안! 물속에서 시간 가는 줄 몰랐네."

왠지 둘러대는 듯한 말투와 눈빛이었다. 오늘따라 눈 밑에 푸른빛이 짙었다. 나는 일부러 아무 말도 하지 않았다. 도희라는 애가 다녀갔는데 풍기는 분위기가 장난 아니라고 시형이 말했다. 선생님이 희미하게 미소를 지으며 말을 받았다. 도희가 성격은 까칠하지만 속은 깊다. 몸이 유연해서 양다리를 일자로 찢고 허리가 대나무처럼 휜다.

선생님의 말이 끝나기도 전에 와, 하고 감탄사가 동시에 터졌다.

주안이 선생님 앞으로 음식을 내왔다. 선생님은 입맛이 없다며 숟가락도 들지 않았다. 신입들 때문이지 싶어 더 권할 수가 없었다. 선생님이 우리에게 요즘 날씨도 좋은데 운동과 산책은 열심히 하고 있냐고 물었다. 이제 하려고요. 시형이 능청스럽게 웃으며 말을 이었다. 선생님도 해산물 채취는 그만하세요. 필요하면 저희가 할게요. 선생님이 고개를 저으며 말을 이었다. 그건 내 일이다, 너희는 맛있게 먹어 주기만 하면 된다. 좋은 책이나 음악을 추천해 봐라…. 모처럼 화기애애한 분위기였지만 대화의 알맹이가 빠져 있었다. 나는 붉은 사막과 신입들 이야기로 화제를 돌리고 싶었다. 하지만 그것은 능선을 걷다가 산봉우리에 오르는 것만큼 어렵게 느껴졌다. 서로 눈치를 봤다. 시형이 용기를 낸 듯 선생님을 불렀다.

"조금 전에 무애가 노래를 불렀는데, 저도 모르게 따라 했어요."

"그게 왜? 어때서?"

"한 번도 불러본 적이 없는 노래였거든요. 노래를 부른 게 아니라 그냥 나왔어요. 모르는 노랜데."

선생님이 무슨 말을 하려다가 말았다. 어느새 박쥐가 돌아와 있었다. 둘이 눈짓을 주고받더니 선생님이 우리에게 그만 돌아가 쉬라고 했다. 둘이 할 이야기가 있고, 길어진다는 거겠지. 나는 둘이 눈짓으로 소통하는 것도 못마땅했다.

숙소로 돌아오면서 모처럼 선생님과 대화할 기회를 놓쳤다며 모두 툴툴거렸다. 어차피 우리끼리 할 얘기도 있으니까 그것으로 위안 삼을 수밖에 없었다. 우선 무애에게 신입들이 붉은 사막에 팔려 간다는 것부터 말했다. 무애는 믿을 수 없다는 표정이었다.

"붉은 사막 말이야, 나도 조금 전에 알았는데."

내가 운을 떼자 모두의 눈이 호기심으로 반짝거렸다.

2014년에 기획해서 조성된 소생의 땅이자 기적의 땅. 최첨단 의료장비 및 의료기술 보유. 기획 당시에는 윤리적 논란을 불러일으켰으나 사회적 논의를 거친 뒤 정책 입안자들이 내린 최선의 결정….

"그런 데서 왜 신입들을 사 가는 거지? 윤리적 논란이란 건 또 뭐고?"

무애가 눈이 동그래져서 물었다.

"나쁜 일에 이용한다는 증거지. 우리도 방심하면 안 될 거 같아."

나는 한숨 돌리고 계속했다.

"아까 내가 우리를 데리러 온다는 사람들 오긴 오는 거냐고 물었을 때 박쥐가 원하면 당장이라도 보내 주겠다고 했지? 곱게 보내 주는 게 아니라 수틀리면 보내 버리겠다, 그거였잖아. 거기로 보낸다는 거 아닐까?"

주안이 쓸데없는 상상 좀 하지 말라고 인상을 찡그리며 계속했다. 박쥐가 자기를 믿으라고 하지 않았냐. 마음에도 없는 말을 하는 거 같지는 않더라.

"박쥐랑 그 사람들이랑 흥정하는 걸 주안이 네 눈으로 봤다며?"

"그건 그거고, 솔직히 제방 쌓는 거 말고는 우리가 딱히 한 것도 없잖아."

"주안이 넌 생각이 있는 거냐, 없는 거냐? 제방 쌓는 것만 해도 그게 보통 일이야? 일하다가 걸핏하면 쓰러진 게 누구냐?"

"그건 그런데, 박쥐가 아니었으면 여태 여기 있지도 못했을 거 잖아."

"그러니까 넌 박쥐한테 은혜라도 갚아야 한다는 거야?"

내 목소리는 점점 커졌다.

"누가 그렇대?"

주안이 얼굴을 붉히며 제발 좀 그만하라고 소리쳤다. 나는 주안에게 너나 좀 가만히 있으라고 맞받았다. 이어 해안가에서 본 화장 광경에 대해 말했다.

"뭐? 자기한테 욕 좀 했다고 죽여? 게다가 화장까지?"

시형이 도리질 치며 반문했다.

"박쥐가 그 신입을 그렇게 한 데는 이유가 있겠지."

나는 목을 가다듬고 계속했다. 박쥐가 편안히 모시겠다고 하니까 거짓말하지 말라고 욕한 것으로 봐서 그 신입이 박쥐가 신입들을 팔아먹는 걸 알고 있었던 거다. 그 신입이 오자마자 무슨 수로 그걸 알았겠냐고 시형이 반박했다. 뭔가를 알고 일부러 여기까지 찾아왔을 거라는 게 내 생각이었다. 그렇다고 해도 이제 다시 볼 수도 없는 사람인데 더 말할 것도 없다고 시형이 잘랐다. 그 말도 맞았다.

"암튼 중요한 건 붉은 사막에 젊고 건강한 사람만 팔아먹는다는 거야. 주민들이 하는 말을 들었어."

"왜 그러지? 일을 시키려고 그러는 건가?"

무애가 고개를 갸우뚱하며 말했다.

"내 생각엔 다른 이유가 있는 거 같아. 신선한 피가 필요하다든지. 예를 들면, 늙은 사람한테 신선한 피를 주입하는 거지. 최첨단 의료장비랑 기술을 보유하고 있다잖아."

"야, 기주 넌 상상을 해도 그런 상상을 하냐. 말만 들어도 끔찍하다."

시형이 도리질 치며 말했다. 주안은 여전히 불만스러운 표정으로 나에게 그만하라고 일침을 놓았다. 무애가 조곤조곤 주안을 달랬다. 신입들을 붉은 사막에 파는 건 예삿일이 아니다. 박쥐가 이랬다저랬다 말을 바꾼 것이며 노래를 듣고 급변한 표정도 그렇고, 수상쩍다는 게 요지였다. 앞으로 박쥐 앞에서는 말과 행동을 더 조심하자고 덧붙였다.

주안이 화제를 바꾸려는 듯 무애에게 오늘 연주 좋았다고 말을 건넸다. 위로받는 느낌이었다고. 시형이 자기도 그랬다고 맞장구 쳤다.

"당분간 연주는 안 하려고."

모두 의아한 눈빛으로 무애를 쳐다봤다.

"사실은 노래가 나온 거랑 악기를 연주한 거랑 비슷해. 그러니까 그게 말이야."

악기를 처음 만졌을 때 손이 절로 현을 따라갔다. 머릿속에 악보가 그려지고 음표들이 서로 음을 만들어 냈다.

"그러니까 연주를 한 게 아니라 저절로 된 거라는 말이지?"

나는 호기심에 차서 물었다.

"응. 마로도 그랬대."

어느 날부터인지 마로의 머릿속에 리듬이 떠올랐다. 그 리듬에 따라 몸이 절로 움직였다. 하나의 움직임이 다른 동작으로 이어졌다. 그게 춤이라는 걸 깨닫고 마로는 한동안 거기에 몰두했다. 그러던 중에 과거에 자기가 춤을 추는 비보이였다는 게 기억났다. 무애도 처음에는 마로의 말이 믿기지 않았는데, 비슷한 경험을 하고 나서야 믿을 수 있었다. 언제부터인가 무의식 속에서 악기를 연주하곤 했다. 그 악기가 기타라는 걸 최근에 알았다.

"나도 비슷한데."

시형도 말을 하다가 전에 했던 말이라는 느낌이 들 때가 있었다. 공을 찰 때나 밥을 먹을 때도 그랬다.

그러고 보니 나도 책을 읽다가 전에 읽었던 느낌이 들었고, 어떤 행동을 하다가도 그런 적이 있었다. 그게 뭔지 몰라서 입 밖으로 내지 못했을 뿐이었다.

모두 정도의 차이는 있지만 비슷한 경험을 했다는 걸 알 수 있었다. 우리의 기억이 되살아나고 있다는 데 의심의 여지가 없었다. 대화는 점점 무르익었다. 주안만 그런 이야기에 빠져드는 걸 피하고 싶은 눈치였다.

무애가 귀를 가까이 대자고 손짓했다.

"마로가 먼바다에서 이상한 걸 봤대."

어느 날 마로가 수영하다가 바닷속에서 길을 잃었는데, 어떤 구조물 안이었다. 규모가 거대해서 한참 헤매다가 가까스로 출구를 찾았다. 앞으로 나아가다가 느낌이 이상해서 뒤돌아봤다. 우리 또래 아이가 있었다. 물길을 거슬러 그 애에게 다가갔다. 유리벽이 가로막았다. 그 애의 눈을 본 순간, 마로는 전율했다. 커다란 눈에 초점이 없었다. 눈을 뜨고 있을 뿐 이미 죽었다는 걸 알 수 있었다. 그럼에도 그 애가 간절히 자신을 부르는 것만 같았다. 그 애에게 가기 위해 구조물의 입구를 찾았다. 입구 찾기가 쉽지 않았다. 곧이어 어둠이 밀려왔다. 하는 수 없이 다음을 기약하고 돌아오다가 근처에서 휴대전화를 주웠다.

무애가 그 휴대전화를 시형에게 건넸다. 시형이 그걸 받아들고는 말문을 열었다.

"나도 마로랑 비슷한 걸 봤는데."

어느 날 수영하다가 멀리 나간 적이 있었는데 어떤 물체를 봤다. 경계선 밖으로 나가지 말라는 박쥐의 경고가 떠올랐지만 멈출 수가 없었다. 가까이 갈수록 물살이 세어졌다. 앞으로 나아가야 하나 말아야 하나 갈등하고 있는데 뭔가가 등을 떠미는 느낌이었다. 다가가 보니 거대한 구조물이었다. 때맞추어 선생님이 앞을 가로막으며 빨리 돌아가자고 했다. 얼떨결에 돌아왔는데, 시간이 흐를수록 의혹이 커졌다. 그것의 정체가 뭔지, 왜 거기에 있는지. 또 선생님은 왜 거기에 있었는지. 선생님의 행동도 미심쩍었다.

무애가 다시 말을 이었다.

마로가 그 애를 데려오고 싶어서 박쥐에게 이야기했다. 그런데 박쥐가 마로의 말을 묵살하고 입 밖에 내지 말라고 주의를 주었다. 협박에 가까웠다. 그에 아랑곳하지 않고 마로는 그 애를 찾아갈 기회를 엿봤다. 그러던 중에 어떤 리듬이 떠올라 춤을 추게 되었고 한번 시작되면 멈출 수가 없었다. 결국 그 일로 고얼과 마로가 창살이 있는 독방에 갇혔다. 고얼은 풀려나고 마로는 동굴로 옮겨졌다. 라온 동쪽의 해발 300미터에 위치한 산중. 거기서 훈련도 받고 약도 먹었다. 거기에 있는 보관소에서 보라색 표지의 책자를 봤다. 그 책자에 우리의 과거 정보가 기록돼 있었다. 우리가 가족들과 이별의 말도 못한 채 헤어졌으며, 가족들이 우리를 애타게 기다리고 있다는 걸 알 수 있었다. 그걸 보고 난 뒤 마로의 기억이 급속도로 되살아났다.

그걸 알려 주려고 마로는 위험을 무릅쓰고 무애를 찾아왔다. 돌아가려고 하는 마로를 무애가 붙잡았다. 마로는 자기가 돌아가지 않으면 친구들에게 화가 미칠 거라며, 단호하게 돌아섰다. 대신 무애에게 만일에 대비해 꼭 기억해 두라면서 길을 자세히 알려주었다. 무애는 그걸 한 장의 지도처럼 머리에 새겼다.

우리의 과거에 대한 정보가 기록되어 있는 책자가 있다니. 무엇보다 가족들이 우리를 기다리고 있다니. 이 섬을 나가서 어디로 가야 하는지 막막했는데, 드디어 목표를 찾은 셈이었다. 이제 그곳에 가는 방법을 찾는 것만 남았다. 모두 숙연해졌다.

"그 책자를 찾으러 갈 방법을 찾아보자. 구조물에 있는 아이도 데려오고."

시형과 무애가 내 말에 동의했다. 주안만 또 반대하고 나섰다. 거기는 마로처럼 붙잡혀 가기 전에는 갈 수 없는 곳이다. 구조물에 있는 애만 해도 이미 죽은 애를 데려와서 어쩌자는 거냐. 가족들한테 돌아가는 것도 거기가 어딘지 알아야 가는 거지 무턱대고 간다는 게 말이 되냐. 다 뜬구름 잡는 소리다.

주안은 한번 말문이 트이자 봇물이 터진 것처럼 말을 쏟아 냈다.

물론, 주안의 말대로 뭐든 어설프게 시도했다가 파장이 클 수 있었다. 그래도 할 수 있는 건 뭐든 다 해 봐야 한다. 나는 목소리에 힘을 주었다. 주안이 나에게 길눈도 어둡고 수영도 못하면서 큰소리만 친다고 쏘아붙였다. 주안에게 제대로 한 대 얻어맞은 기분이었다. 시형이 섣불리 덤빌 일은 아니다, 우선 수영 잘하는 애들을 물색하겠다고 갈무리했다. 고얼도 구조물에 가 봤을 거라는 게 시형의 짐작이었다. 누구보다 수영을 잘하는 고얼이니까 그럴 수 있겠지. 지난가을 고얼이 다이빙을 제안했을 때 다이빙은 핑계였을 뿐 구조물에 가자고 한 게 아니었을까.

우리는 그 구조물에 대해 계속 이야기했다. 규모로 보나 바닷속에 있는 것으로 보나 예사롭지 않은 거라는 추측이었다. 마로가 본아이 말고도 누군가가 더 있을 거라는. 그 구조물은 언제부터 거기에 있었는지, 신입들은 어디서 오는지, 의혹은 또 다른 의혹을 낳았다. 우리는 점점 더 큰 의혹에 사로잡힌 채 기억을 되찾을 방법에 대해서 이야기했다. 그 책자를 찾으러 가야 한다. 그건 너무 위험하다. 휴대전화만 해도 충전기의 전압이 안 맞아서 지금으로서는 복구할 방법이 없다. 당장 우리가 할 수 있는 최선의 방법은 마음의 소리에 집중하는 거다.

"근데 너희들은 꼭 과거를 알아야 돼? 만약 알았는데 지금보다 더 나쁘면 어떡하려고?"

"주안이 넌 여태 뭘 들은 거냐? 우린 가족들한테 돌아가야 한다니까."

"난 좀 무서워."

무애가 걱정 말라고 주안을 위로했다. 나는 고얼이가 탈출을 계획하고 있으며 뭔가를 만들고 있다는 걸 전했다. 시형이 뭘 어떻게 만들고 있더냐, 혹시 무슨 냄새가 나지는 않더냐, 꼬치꼬치 캐물었다. 나는 그들이 뭘 빻고 배합했다는 것과 매캐한 냄새에 대해 말했다.

"숯이랑 황을 이용해서 폭발물을 만드는 거야. 무기!"

고얼이라면 충분히 그럴 수 있는 애였다. 지금이라도 고얼과 함께해야 한다는 데 무애와 시형이 손을 들어 주었다.

"주안이 네 생각도 말해 봐."

나는 주안의 눈을 바라보며 말했다.

"난 너희들 결정에 따를게."

"네 의견을 말해 보라니까."

"그동안 개가 무슨 짓을 하든 감싸 줬어. 근데 이번 일은 아니지. 우리한테 말도 안 하고."

주안이 평소와 달리 딱 부러지게 말했다.

"그렇다고 고얼일 탓할 수는 없어. 오히려 그동안 우리가 무심했던 걸 사과해야지."

"난 모르겠어. 뭐가 옳은지."

주안이 고개를 저으며 말했다.

"우린 생각지도 못한 걸 고얼인 벌써 계획하고 준비도 하고 있잖아. 대단하지 않냐?"

"나도 고얼이랑 전처럼 잘 지냈으면 좋겠어. 근데 그 일은 아닌 거 같아."

"의견이 없다더니 제일 세네."

"박쥐를 상대로 뭘 하는 건 바보짓이야. 이 섬 밖이 지뢰밭일 수도 있는데 가긴 어딜 간다고 그래? 난 지금처럼 여기서 잘 지내고 싶어."

"넌 지금 우리가 잘 지내고 있다고 생각하냐? 기억도 잃고 생판 모르는 섬에 갇혀서 이러지도 저러지도 못하고 있는데. 또 신입들이 팔려 가는 걸 알고도 그런 말이 나오냐?"

나도 모르게 목소리가 커졌다. 주안도 지지 않았다.

"여태 잘 참아 왔는데 신입들이 팔려 가는 마당에 탈출한다는 게 말이 돼?"

주안이 식식거렸다. 한참을 구시렁거리며 열을 내더니 어느 순간 말을 그쳤다. 우리의 의견을 받아들이기보다는 자기 생각을 굳히는 표정이었다.

조만간 다른 구역 아이들을 불러 모으기로 하고 각자 숙소로 흩어졌다. 무애와 나만 남았다. 무애의 숙소와 내 숙소는 같은 방향이었다.

길은 호젓해서 산책하기에 좋았다. 무애와 나는 늘 그랬듯이 어깨를 나란히 하고 걸었다.

"꿈에서 누군가가 날 안아 줬는데, 엄마 같았어. 엄마가 아니라면 그렇게 푸근할 수가 없을 거야."

나도 엄마 품에 안겨 봤으면. 가족들의 모습을 그려 봤다. 나에게도 누나나 형, 동생이 있을까. 가족들의 모습과 목소리, 궁금한 게 끝이 없었다. 가족들이 기억하는 나는 어떤 모습일까. 언젠가는 가족들을 만날 수 있을까. 가족들을 만나면 무슨 말부터 해야 할까. 가슴이 에이고 코끝이 찡했다. 여태 가족이라는 단어를 묻어 두려고 했던 노력이 얼마나 헛된 것이었는지 알 수 있었다.

이윽고 무애의 숙소 앞이었다. 금잔화와 패랭이꽃을 비롯해 이름 모르는 꽃들이 반겨 주었다. 이렇게 작은 꽃들의 노래를 매일 듣는 무애는 생각이 깊을 수밖에 없겠지.

"잠깐 들어가지 않을래?"

순간, 밤이슬을 먹은 별똥별들이 머리 위로 쏟아졌다.

무애의 숙소는 커튼과 탁자 보, 전등의 갓, 꽃병, 향초까지 모두 노랑이었다. 어떤 건 진한 노랑이고 어떤 건 옅은 노랑이라는 게 다를 뿐이었다. 초를 켜자 방 안에 허브향이 퍼졌다. 이 방에서 잠을 자면 사나운 꿈 따위는 꾸지 않을 것 같았다. 무애와 손을 잡고 누워 있는 상상을 했다. 배꼽에서 기이한 열기가 일어나더니, 순식간에 온몸으로 퍼졌다.

커튼을 젖히자 유리창으로 바깥이 훤히 내다보였다. 거센 바람이 문을 두드리고 지나갔다. 무애가 양손으로 귀를 감싸 쥐었다.

"왜 그래?"

"바람이 세게 불면 귀가 아파."

나는 이상한 걸 보거나 무슨 소리를 듣지는 않느냐고 물었다. 무애도 몸이 곤두박질치고 사람들이 아우성치는 소리를 들었다. 그 아우성이 이명으로 되살아나고, 다친 가슴도 아팠다.

모두 다친 부위에 통증을 느끼고 비슷한 악몽을 꾼다는 건 뭘까. 통증과 악몽, 기억 간에는 무슨 상관관계가 있는 걸까.

그동안 모든 게 정지되어 있었다면, 지금은 뭔가가 움직이고 있다. 이 변화가 우리에게 뭔가를 가져다주지 않을까. 가슴 밑바닥에서 한 줄기 희망이 꿈틀거렸다.

"마로에 대해 하지 못한 이야기가 있어."

마로가 마지막으로 무애를 찾아온 날, 무애에게 키스하려고 했다. 무애가 뿌리쳤더니 돌아서는 마로의 눈에 눈물이 글썽했다.

나는 뜬금없이 가슴이 내려앉았다.

"과거를 기억하고 몸의 감각을 회복하게 되면 사랑을 나눌 수 있을 거래."

"어?"

"키스도 하고 또….'

마로가 그런 말을 했다면, 언젠가는 그렇게 된다는 거겠지. 무애가 말을 이었다.

마로가 돌아가고 며칠 지난 뒤 무애도 몸의 변화를 느꼈다. 피가 뜨거워지는 느낌이고 가슴이 쿵쿵거렸다.

"넌 그런 거 느낀 적 없어?"

없다고 대답했지만 거짓말이었다. 뭔가가 심장을 강하게 때리고, 그것이 돌연 뭔가를 피어나게 했다. 그것이 나를 또 다른 세계로 이끌었다. 이상하게 무애와 있을 때만 그랬다. 그러니까 그건 오로지 무애를 향한 감정이었다.

달이 밝은 밤이었다. 잠이 오지 않아서 뒤척이다가 무애와 입술을 맞대고 무애의 가슴을 만지는 상상을 했다. 기이한 열기가 온몸으로 퍼지는 걸 느꼈다. 그런 생각을 했다는 자체로 부끄럽고 무애에게 미안했다. 다음 날 무애와 마주쳤을 때 나는 고개를 들지 못했다. 문제는 그날 이후였다. 손이 자꾸 다리 사이로 가고 이내 정신이 혼몽했다. 기어이 몸의 중심이 부풀어 오르고 어느 순간 전율을 느꼈다. 그 순간이 지나고 나면 주체할 수 없는 허탈감이 찾아왔다. 무애에게 죄를 짓고 있다는 자괴감은 더 컸다.

"넌 아직 좋아하는 사람을 만나지 못한 것뿐이야."

나는 그럴까? 하고 겨우 묻고는 더 이상 말을 잇지 못했다. 나와 반대로 무애는 눈에 생기가 돌았다. 여태 한 번도 보지 못한, 그 눈을 보면서 내 안의 뭔가가 허물어지는 걸 느꼈다. 그러니까 넌 마로를 만난 거야? 묻고 싶은 걸 꾹 눌렀다. 얼굴이 홧홧 달아올랐다. 무애와 가까이 있지만 멀리 있는 듯, 점점 멀어지는 느낌이었다.

그만 일어서야 한다고 생각하면서도 뭉그적거렸다. 흔들다리 위를 걷는 기분이었다. 무애가 내 손을 잡았다. 나는 얼굴이 달아오른 걸 들키지 않으려고 고개를 숙였다. 숨이 점점 뜨거워지고 머릿속이 텅 비었다. 무애가 내 가슴에 얼굴을 묻었다. 나는 숨이 가쁘라지는 걸 느꼈다. 무애의 얼굴을 감싸 안았다. 무애의 숨이 내 가슴으로 들어왔다. 잠깐만 이러고 있자고, 무애가 속삭였다. 나는 언제까지나 그러고 있고 싶었다.

　얼마나 그러고 있었을까. 무애가 나를 벗어났을 때야 비로소 우리에게 무슨 일이 있었는지 실감났다. 미지의 뭔가를 발견한 기분, 조금 전과 다른 곳에 닿아 있는 느낌이었다.

3

눈을 감자 오랜 지층의 퇴적물처럼 숨죽이고 있는 어둠의 입자들이 보였다. 몸이 어디론가 거슬러 올라가다가 아득한 심연으로 빨려 들어갔다. 머릿속이 하얗게 되어 물속을 부유했다.

눈과 귀의 반은 닫힌 채 목에서 쓴 물이 올라왔다. 꿈이라고 하기는 너무 생생하고 현실이라고 하기는 너무 막연했다. 기억 속의 현실이라고 해도 어떤 이미지에 불과할 뿐 온전한 기억으로 되살려 낼 고리가 없었다. 사라져 가는 것들의 조각을 붙잡기. 붙잡아서 이끌어 내기. 이끌어 내서 이어 붙이기…. 아무리 애를 써도 기억은 파편으로만 존재했다. 그것들을 이어 붙이는 게 가능할까. 언젠가는 과거에 가 닿을 수 있을까.

시형이 헐레벌떡 뛰어왔다.

"또 신입이 들어왔어. 이번엔 나이가 많은 여잔데, 좀 이상해."

"신입이 언젠 꽃단장이라도 하고 들어왔냐?"

시형이 얼른 가 보자고 했다. 안 간다고 했더니, 어제 박쥐 집 안까지 들어가서 신입들을 만났다고 미끼 던지듯 했다. 어떻게 된 거냐고 묻자 그 정도쯤이야, 하고 으쓱했다. 나는 조바심이 났다. 얼른 일어나 해안가로 향했다. 시형이 미적대다 말문을 열었다.

처음에는 시형이 무슨 말을 해도 신입들이 시큰둥했다. 심지어 어딘가로 팔려 갈 거라고 했는데도 뚱한 표정일 뿐, 대꾸하지 않았다. 시형이 우리와 그들이 또래이며 피부색이 같은 점을 들어 설득했다. 어디에서 왔냐. 왜 여기에 오게 됐냐. 과거를 기억은 하냐. 여기는 이상한 곳이다. 서로 힘을 합쳐야 여기서 살아 나갈 수 있다. 그제야 한 아이가 쭈뼛거리다가 사정을 털어놓았다.

그들은 물건을 훔치거나 싸움을 해서 수감되었다. 시한이 만료돼 집으로 돌아가는 배에 탔다. 집에 도착할 때가 지났는데도 배가 항해를 계속했다. 인솔자들이 수군거리는 말을 엿들었다. 쟤들도 참 안됐지 뭐야. 어린 나이에…. 그러던 중에 배가 기울기 시작했다. 때맞춰 누군가가 뗏목을 대었고 그걸 타고 이 섬으로 오게 되었다.

결국 신입들은 과거를 기억한다는 말이었다.

"신입들이 타고 온 배가 가라앉은 건 우연이 아닌 것 같아. 숙소만 해도 우리 머릿수보다 많이 지어서 비워 뒀잖아. 또 하필 걔들이 들어오는 시점에서 등대에 불이 꺼진 것도 그렇고. 누군가가 기다렸다는 듯이 뗏목을 댔다잖아. 뭔가 있는 게 분명해."

"기주 네 생각은 처음부터 붉은 사막으로 갈 애들인데 박쥐가 일부러 배를 가라앉혔서 데리고 왔다? 모든 게 우리 숙소를 지을 때부터 계획한 거다? 중간에 가로채서 팔아넘기려고?"

"그렇지."

"그거 말 되네."

"그것도 그렇지만 신입들이 타고 왔다는 배 말이야, 가라앉았다니까 아직 바닷속에 있겠지?"

"뭐 벌써 인양했을 수도 있지. 근데 그게 어디에 있든 무슨 상관이야?"

"그 배가 문제가 아니라 마로랑 네가 봤다는 그 구조물 말이야, 혹시 배 아닐까?"

"그 구조물이 배라고? 근데 왜 가라앉아 있지?"

"배일 가능성이 크다고. 가라앉은 이유야 얼마든지 있겠지. 암초에 부딪쳐서 난파됐을 수도 있고. 무슨 습격을 당했거나 폭풍우가 몰아쳤을 수도 있고. 문제는 거기에 아이가 있다는 거야. 누군가가 그 배를 타고 왔다는 거지. 안 그래? 그 큰 배를 그 아이 혼자 타고 오지는 않았을 테고, 그 아이 말고도 또 배에 탄 사람들이 있다는 거지."

"그랬겠지."

"우린 파도에 휩쓸려 이 섬에 왔다고 했어. 우리가 하늘에서 떨

어졌거나 땅에서 솟은 게 아니라면 어느 지점까지는 배를 타고 왔
겠지?"

"아마도."

"근데 바닷속에 이상한 배가 있어. 무슨 사정이 있어 가라앉았
다고 치자. 전부터 있었으니까 신입들이 타고 온 배는 아니겠지?
그래서 말인데, 혹시 우리가 타고 온 배 아닐까?"

"와, 대박! 근데 기주 너 너무 나간 거 아니냐?"

그렇게 말하면서도 시형은 내 말에 귀를 기울였다.

"박쥐가 제방 쌓을 때 못 쓰는 배를 이용할 거라고 했잖아. 혹시
그 배 아닐까? 이 섬에 딱히 못 쓰는 배가 있는 것도 아니고. 제방
쌓는 데 쓰려면 그 정도 규모는 돼야 하지 않겠어?"

"들을수록 그럴듯하네."

시형이 계속했다. 박쥐가 수영할 때 경계선 밖으로 나가지 말라
고 한 것도 그래서인 것 같다. 근데 그게 우리가 타고 온 배라는 증
거를 어떻게 찾냐.

일단 그 배에 가 보면 뭔가 찾을 수 있지 않을까. 우리가 그 배를
타고 왔다면, 기억을 되찾는 데도 도움이 될 테고. 나는 서둘러 그
구조물에 가 보자고 했다. 시형이 안 그래도 수영 잘하는 애들을
물색 중이라며 의지를 보였다.

그 배의 비밀을 밝혀내면 우리가 왜 이 섬에 왔는지 알 수 있을
까. 그 배의 비밀을 어떻게 하면 밝혀낼 수 있을까.

나는 시형에게 신입들을 다시 만나 보자고 했다. 그 애들이 뭔가 더 알고 있을지도 모르니까. 시형이 박쥐 집에 다시 들어가려면 10년은 감수해야 된다고 혀를 내둘렀다. 조금 여유를 갖고 다시 들어갈 방법을 찾아보겠다고, 자기를 믿으라고 했다. 웬 자신감이지? 어쨌거나 시형의 의견을 따를 수밖에 없었다. 시형이 박쥐 집에 가서 얻은 수확이 하나 더 있다며 으쓱했다. 전압전환박스! 휴대전화와 충전기의 전압이 안 맞아서 휴대전화를 복구하는 걸 엄두도 내지 못했는데 그게 있으면 가능했다. 다만, 그게 들어 있는 상자가 바닥에 고정돼 있고 자물통이 쉽게 열리지 않았다. 어쨌거나 그게 있는 데를 알았으니 빼내는 건 시간문제였다. 휴대전화를 복구하는 것이 우리의 과거를 알게 되는 분기점이 되어 줄까.

*

벌써 모여든 사람들이 신입을 둘러싼 채 웅성거렸다. 몇몇은 혀를 차며 돌아섰다. 무애와 눈이 마주치자 심장박동이 빨라졌다. 고얼은 보이지 않고 선생님은 바다를 향해 서 있었다. 나는 사람들 사이로 비집고 들어갔다. 신입을 본 순간, 머리칼이 쭈뼛 섰다. 40대 중반으로 보이는 여자로 피부는 황색이고 혀에 상처가 깊었다.

다른 때 같았으면 응급처치를 하느라 분주할 첸이 쪼그리고 앉아 잎담배만 피워 댔다.

어느 결에 나타난 박쥐가 첸에게 다가가 턱짓으로 뭔가를 지시했다. 첸이 고개를 저었다.

"이 여자는."

여자는 자살을 시도했다. 새벽에 여자가 바다로 걸어 들어가는 걸 배를 타고 나가던 섬 주민이 보고 데려왔다.

박쥐의 표정이 굳고 눈동자가 한쪽으로 쏠렸다. 손까지 심하게 떨었다. 박쥐는 자신이 그런다는 것도 모르는 눈치였다. 박쥐가 이렇듯 민감하게 굴기도 처음이었다. 외지인이 들어와 자살을 시도하는 건 불길한 조짐이라고 여기는 것이 이 섬의 생리였다. 전에도 자살한 사람이 있었는데 바다로 돌려보냈다. 그가 물고기에게 몸이 뜯긴 채 다시 돌아왔다. 그것으로 그치지 않았다. 한동안 달이 뜨지 않고 이상 기후가 나타나 초목이 마르고 동물들이 집단 폐사했다. 첸이 달빛이 심상치 않구나, 라고 했을 때 표정이 예사롭지 않았던 것이 떠올랐다.

"이거야 원, 그냥 놔둘 수도 없고 바다로 돌려보낼 수도 없고."

주민들도 재앙 운운하며 동요했다. 잘못 건드렸다가 뒤탈이 날 것이며, 그 화가 자기들에게 돌아올 거라는 우려의 목소리가 높았다.

박쥐는 손을 쥐었다 폈다 하면서 그녀의 주변을 맴돌았다. 첸이 뭔가를 결심한 표정으로 가방에서 실과 바늘을 꺼내더니 그녀의 혀를 꿰매기 시작했다. 박쥐의 눈동자가 휙휙 돌아갔다.

"당장 그만두지 못해?"

박쥐의 목소리가 하늘이라도 가를 듯했다. 첸은 그에 아랑곳하지 않고 재바르게 움직였다. 손길은 어느 때보다 섬세하고 정교했다.

"손모가지 성한 게 싫은가 보네."

박쥐가 허리에 차고 있던 단도를 빼들었다. 무슨 이유인지 박쥐도 첸만은 깍듯이 대하더니, 이번 일은 예외라는 건가? 숨 막히는 긴장감이 돌았다. 박쥐가 첸의 손을 향해 단도를 내리치려는 찰나, 장정 한 사람이 박쥐의 팔을 낚아채고 박쥐를 넘어뜨렸다. 소란 통에도 첸은 한 치의 흐트러짐이 없었다.

행동대원들과 고얼이 달려와서 박쥐를 일으켰다. 박쥐가 장정의 등을 향해 단도를 던졌다. 여기저기서 비명과 탄식이 터져 나왔다. 장정의 옷이 금세 피로 얼룩졌다. 칼부터 뽑아야 한다, 피를 저렇게 흘려서 되겠냐, 웅성거렸다. 어떤 경우든 박쥐를 향한 비난을 내포하고 있었다. 그럼에도 누구 하나 장정의 등에 꽂힌 칼을 뽑지는 못했다.

행동대원들이 장정을 앞세우고 신입을 들것에 싣고 갔다. 고얼이 그 뒤를 따라가면서 우리 쪽으로는 눈길 한번 주지 않았다. 사람들이 하나둘 자리를 떴다. 선생님은 자리를 지켰다. 선생님에게 다가가려고 하는데 시형이 옆구리를 찌르며 박쥐를 가리켰다. 선생님과 대화할 기회였는데 이번에도 놓치고 말았다. 무애가 걸음을 떼었다. 나도 하는 수 없이 돌아서서 걸음을 재촉했다.

얼마쯤 지나 무애가 주변을 살핀 뒤 머리를 가까이 대자고 손짓했다.

"박쥐가 첸한테 칼까지 빼든 걸 보면 보통 일이 아닌 거 같지?"

"첸도 장난이 아니던걸? 손이 잘려도 할 일은 한다는 거였잖아."

무애의 말을 시형이 받았다. 나는 첸은 물론, 그 장정도 걱정되었다. 섬 주민이라고 해도 호락호락 넘어갈 것 같지 않았다. 저번에 들어온 늙은 신입과 이번 신입의 공통점은 나이가 많다는 것과 박쥐가 달가워하지 않는다는 거였다. 두 사람은 무슨 이유로 이 섬에 왔을까. 늙은 신입은 반항했다고 죽었다. 하지만 이번에 들어온 여자 신입은 자살을 시도했으니 뒤탈이 날까 봐 죽이지는 못할 테고, 어떻게 할 속셈일까.

"주안이한테 가 보자. 자식이 숙소에서 꼼짝을 안 하네."

시형의 제안에 무애가 동의했다. 나도 주안이 보이지 않아 신경이 쓰이던 차였다.

"야, 저기!"

시형이 가리키는 곳에 고얼이 보였다. 나는 무작정 고얼을 향해 달렸다. 하지만 얼마 가지 못하고 멈춰 섰다. 내가 가젤이라면 고얼은 단연 경주마였다. 순식간에 고얼이 시야에서 벗어났다. 허탈했다. 어떻게 하면 고얼과 만나 이야기할 수 있을까.

시형이 걸음을 멈췄다.

"근데 나 말이야, 마음의 소리에 집중하다가 이상한 걸 봤어. 점수에 따라 서열을 매기는 데야. 학교!"

많은 아이들이 모여 공부도 하고 여러 가지 활동을 하는 곳이었다. 거기서 어떤 애를 봤는데 그 애가 시험을 볼 때마다 손톱을 물어뜯었다. 성적이 점점 떨어지자 자꾸 웅크리고 사람들과 어울리지 못했다. 나중에는 사람들 앞에 나서는 것도 꺼렸다.

나는 그런 애가 있으면 있는 거지 무슨 상관이냐고 대수롭지 않게 말했다. 그 애가 자기라고 시형이 시무룩한 표정으로 말했다. 내가 말도 안 된다고 하자 그건 자기만 알 수 있는 거라며 말을 뚝 그쳤다. 다시 말이 시작되면 어떤 것이라도 더 심각해질 분위기였다. 모두 침묵을 지키며 시형의 말을 기다렸다.

"아침에 눈을 뜨는 게 무섭고, 가슴이 답답했어. 나중에는 숨쉬기도 힘들었고."

시형의 기억은 거기서 그쳤다.

"나도 봤어. 기타를 연주하는 애."

이번에는 무애였다. 누군가가 기타를 부쉈는데 세상이 무너진 기분이었다. 아무것도 할 수가 없어서 밤이고 낮이고 잠만 잤다. 무애도 그 애가 자기라고 했다.

나는 얼떨떨했다. 하지만 뭔가를 기억해 냈다는 것만으로도 의미가 있는 거라고 둘을 위로했다. 생각하고 또 생각하기, 의식의 밑바닥에 깔려 있는 것들을 길어 올리기…. 모두 마음의 소리에 더욱 집중하자고 다짐했다. 나도 뭔가 기억해 낼 수 있을까. 혼자만의 시간을 갖고 싶었다. 주안도 어떤 이유에서든 혼자 있고 싶은지도 모른다. 굳이 지금 주안을 만나러 갈 필요가 있을까. 시형과 무애도 같은 생각이었다. 우리는 각자 숙소로 향했다.

*

밤사이에 기온과 습도가 쑥 올라갔다. 밤이 이슥해질 때까지 기다렸다가 숙소를 나섰다. 낚시 포인트에 이르자 불빛 하나가 반짝거렸다. 그 불빛으로 인해 사위는 더욱 고적했다. 천천히 걸음을 옮겼다. 첸은 보이지 않았다.

멀리 물고기들이 뜀박질을 했다. 오래 잠수하기 위해 잠시 물 밖으로 나와 숨 한 줌을 얻는 행위. 바다 밖의 것들에게 보내는 나름의 존재 증명 같은 걸까.

주변을 세 번쯤 돌았을 때 마술이라도 부린 것처럼 첸의 모습이 보였다. 그에게 다가가 인사했다. 그가 반가이 맞아 주었다. 늘 그렇듯 내가 쭈뼛거리자 괜찮다고, 뭐든 말해 보라고 했다.

"라온은 거대한 벽 같아요. 뛰어넘을 수도 없고 부술 수도 없는 벽 말예요. 저희가 왜 여기에 온 건지, 기억을 잃어버린 건지, 언제까지 여기에 있어야 하는 건지 아는 게 없으니까요."

"네가 꼭 알아야 하는 거라면 하나하나 알아 가게 될 게다."

"붉은 사막에서 요즘 들어오는 아이들을 사 갈 거라고 들었어요."

"그래, 그것도 네가 알게 될 것들 중 하나지."

그가 길게 숨을 내뱉은 뒤 계속했다.

라온은 전부터 평화롭고 살기 좋은 곳이었다. 사람들은 온화하고, 지형 조건이 좋아 농작물이 풍성하며 동식물의 번식이 왕성했다. 밀물과 썰물 때 해수면의 수위 차가 커서 물을 거슬러 올라오는 물고기도 많았다. 또 염생식물과 다양한 종의 어패류가 서식했다. 다만, 인접해 있는 붉은 사막이 문제였다. 원래는 섬이었는데 기후 변화로 갑작스럽게 사막화되면서 일부 사람들의 몸이 기형적으로 변했다. 그들의 몸을 온전하게 복원하기 위해서는 타인의 몸이 필요했다. 그것이 멀리서 아이들을 사들이는 까닭이었다.

2014년에 기획해서 조성된 소생의 땅이자 기적의 땅, 최첨단 의료장비 및 의료기술 보유, 윤리적 논란…. 모든 게 하나로 꿰어졌다. 늘 보아 왔던 사물들이 갑자기 눈앞에서 사라져 버린 느낌. 아니, 지구가 반 바퀴 돌아 버린 느낌이었다.

"그 애들, 구할 방법은 없는 거예요?"

"나라고 뭘 알겠냐. 그저 낚시나 하는 사람인걸."

말은 그렇게 해도 그의 표정은 방법이 있다고 말하고 있었다. 나는 방법을 알려 달라고 했다. 그가 한참 침묵하다가 결심한 표정이었다.

"열흘 뒤에 기원제를 올린다."

기원제는 1년에 한 번씩 풍어를 위해 치르는 제의인데, 이번에는 신입들을 팔아넘기기 전에 지내는 가시적인 절차에 불과했다. 거동을 못 하는 사람을 제외하고는 모두 밤새워 먹고 마실 예정이었다. 감시가 소홀할 테니까 신입들을 구해 내기에 적기였다. 나는 친구들과 의논해 보겠다고 말했다. 첸이 고개를 끄덕였다.

"여자 신입 말예요"

그녀가 왜 여기에 왔으며 왜 자살하려고 했는지 궁금하다고 조심스럽게 물었다.

"그럴 만한 사연이 있겠지."

첸은 말끝을 흐렸지만 그 사연을 아는 게 분명해 보였다. 아무리 타인의 속을 꿰뚫어보는 혜안이 있다고 해도 처음 보는 사람의 사연을 어떻게 알았을까. 첸이 알고 있다면 박쥐도 알고 있다는 건데. 그렇다면 그녀 또한 이 섬과 관련이 있는 사람이라는 거였다.

"죽을 운을 딛고 일어난 사람이라면 앞으로도 괜찮을 게다."

그가 먼 데 시선을 두고 다시 말을 이었다. 어떻게든 박쥐로부터 그녀를 구해 내야 한다.

그가 그녀를 도우려고 한다는 걸 알 수 있었다. 그녀가 있는 곳도 알고 있는 눈치였다.

"제가 할게요. 저를 보내 주세요."

"거긴 쉽게 갈 수 있는 데가 아니다."

거기는 문을 열고 들어서면 또 하나의 문이 나타나는 식으로 많은 장애물을 거쳐야만 갈 수 있는 곳이었다. 또 거기에 가는 것은 기름통을 안고 불길 속으로 뛰어드는 거나 다름없었다. 남다른 지리 감각과 고도의 민첩성이 필요한 일이었다. 첸이 누군가를 염두에 두고 있다는 걸 알 수 있었다.

첸은 나를 거기로 보내지도 않을 거면서 왜 그녀에 대해서 말해주는 걸까. 그녀가 우리와 무슨 관련이 있는 건가? 그렇지 않다면 굳이 그녀에 대해 말해 줄 이유가 없겠지. 어쨌거나 그에 대한 믿음이 더 단단해지고, 그에게 뭔가 더 이야기하고 싶었다.

"얼마 전부터 부러진 갈비뼈 부근이 아리고 뻐근해요."

그의 얼굴이 환해졌다. 나는 시형은 무릎이 시큰하고 무애는 가슴이 아프고 이명도 들린다, 모두 전보다 기억나는 것도 많아졌다고 말했다.

"통증을 느끼는 건 몸이 회복되고 있다는 증거다. 기억과도 연결돼 있지."

감각과 의식은 하나로 이어져 있어 몸이 마음이고 마음이 곧 몸이기 때문이었다. 또 사람의 마음에는 몸을 지배하는 힘이 있어서 마음먹기에 따라 회복의 속도가 달라질 수 있다.

그가 먼 데 시선을 두고 말을 이었다.

새가 날기 위해 뼛속까지 비우는 건 새 나름의 지혜와 노력의 결과다. 또한 새가 날 때는 내부의 힘에만 의존하지 않고 바람과 비, 나뭇잎의 소리에 귀를 기울여야 하는 것이 이치다. 그것들이 공명하여 새의 비행을 안내하기 때문이다. 머리카락 하나 움직이는 것조차 만물이 지닌 에너지의 도움을 받아야 하는 것이 생명이었다.

때맞추어 커다란 바닷새 한 마리가 길게 소리를 내어 울며 머리 위를 맴돌았다.

그는 몸이 회복되고 기억이 돌아오는 걸 박쥐가 눈치채지 못하게 조심하라고 덧붙였다.

박쥐가 그걸 알면 안 되는 이유가 뭘까. 우리도 붉은 사막으로 보내는 거냐고 묻고 싶었지만 차마 입이 떨어지지 않았다. 만약 그렇다면 그가 우리를 이렇게 놔두지 않을 거라는 믿음도 있었다.

갑자기 폭발음이 울렸다. 첸이 소리 나는 쪽을 향해 고개를 돌렸다. A구역 아이들에게 무슨 일이 생긴 것 같다면서 말을 아꼈다. 고얼이가 기어이 일을 도모한 건가. 그렇다면 그쪽으로 가 봐야 하지 않을까. 내가 일어서자 그가 내 마음을 읽은 듯 섣불리 대처해서는 안 된다고 충고했다.

폭발음은 그쳤지만 불안감은 사라지지 않았다. 시형에게 말하고 모임을 공지할 때였다.

"다음번엔 고래로 오너라."

귀한 선물을 받은 기분이었다. 그가 돌아섰다. 꼿꼿한 등과 반듯한 걸음걸이, 그 무엇에도 굴하지 않는 자유인의 풍모였다.

*

　모두 여덟 명이 모였다. 나와 시형, 나머지는 D구역에서 온 아이들이었다. 혹시나 했는데 A구역과 B구역에서는 아무도 오지 않았다. A구역에서 도모한 일이 B구역에까지 영향을 미쳤을 거라는 데 이견이 없었다. 당장 그쪽으로 가 보자는 의견이 나왔다. 나는 섣불리 행동해서는 안 된다는 첸의 말을 전했다. 시형도 지금 모인 목적이 있으니 회의부터 하자며 나에게 회의를 주도하라고 했다. 중요한 순간에 더듬거리기 일쑤이지만 거절할 상황은 아니었다.

　"뭐든 과거에 대해 기억나는 거 없어? 예를 들면, 말을 하다가 전에 했던 말이라는 느낌이 들거나, 전에 들어 보지 못한 노래가 입에서 흘러나온다든지, 그런 거 말이야."

　아이들의 눈동자가 호기심으로 일렁거렸다.

　"노래라면 나도 경험한 적이 있어. 가사의 뜻은 잘 모르겠는데 리듬이 경쾌해서 절로 몸을 흔들게 되더라고. 근데 잠깐 그러다가 말아. 왠지 과거에 불렀던 노래일 거라는 느낌이 들긴 했어."

　D구역 대표가 말하자 그의 옆에 앉은 아이가 말을 받았다.

　"난 운동할 때 그랬는데. 팔이나 다리를 뻗을 때도. 언젠가 해 본 동작이 분명한데 흐릿하게 떠오르다가 금세 사라져 버려."

처음에는 쭈뼛거리던 아이들도 하나둘 경험을 털어놓았다. 어떤 얼굴들이 떠올랐다가 금방 사라지고 못 보던 물건들을 보았다. 휴대전화도 그중 하나였다. 이야기가 또 다른 이야기를 자극하면서 쏟아져 나왔다. 누구는 어딘가를 한없이 올라가고, 더러는 어딘가를 헤매고 다니고, 또 누구는 어두운 곳에 갇혀 있기도 했다.

모두 과거와 관련 있는 경험들이었다. 그걸 붙잡으려면 마음의 소리에 귀를 기울여야만 한다. 나는 한 명 한 명 눈을 맞추며 어떻게든 과거의 경험을, 그 조각들을 붙잡아서 뭔가를 이끌어 내야만 한다고 말했다.

모두 내 말에 귀를 기울였다.

이번에는 우리의 과거가 적혀 있는 책자와 휴대전화에 대해 알려 주었다. 그것들이 과거를 기억해 내는 데 도움이 될 거라고. 그 책자를 찾으러 가는 건 너무 위험하다는 의견이 대세였다. 휴대전화를 복구하는 쪽으로 의견이 기울었다. 어떻게든 전압전환박스를 찾는 것이 과제였다. 시형이 어떻게든 해 보겠다고, 의지를 보여 주었다.

다음은 다친 부위에 통증을 느끼는지 물었다.

"난 발가락을 바늘로 쑤시는 같아."

D구역 아이가 말했다.

"그래, 그런 거."

"나는 다친 팔꿈치가 찌릿찌릿한데."

D구역 대표가 팔꿈치를 들어 올리며 말했다. 이어 차례로 자신의 신체 부위를 만지기 시작했다. 예상대로 상당수가 다친 부위에서 통증을 느끼고 있었다. 어깨, 다리, 발목, 손등…. 통증을 느끼는 강도도 각자 다르고 부위도 다양했다. 나는 통증을 느끼는 것은 몸이 회복되고 있는 증거이고 기억을 되찾는 것과도 상관이 있다고 했다. 분위기는 점점 열기를 띠었다. 드디어 구조물에 대해 이야기할 차례였다. 나는 시형에게 바통을 넘겼다.

"수영하다가 좀 멀리 나갔는데 거기서 이상한 구조물을 봤어. 기주는 그게 배 같대."

모두 눈이 휘둥그레져서 그게 배라고 생각하는 근거가 뭐냐고 물었다. 나는 차근차근 답변했다. 하나둘 내 말에 공감했다.

"문제는 거기에 우리 또래 아이가 있다는 거야. 마로가 봤대."

시형의 목소리에 힘이 들어갔다.

"뭐? 살아 있는 거야?"

시형이 나에게 대답하라고 눈짓했다.

"그건 아니고, 마로가 그 아이를 데려와서 장례를 치러 주라고 했대. 단순히 동정심 때문에 그러진 않았을 거야. 그 아이가 우리와 관련이 있는 거겠지."

우리랑 관련이 있다고? 무슨 관련? 질문이 이어졌다.

"우리도 그 배를 타고 왔다든지."

"와, 대박! 우리가 그 배를 타고 왔다고?"

D구역 대표가 벌떡 일어서서 말했다. 나는 그렇게 생각하는 근거를 제시했다. 그 배 안에 마로가 본 아이 외에도 아이들이 더 있을 가능성에 대해서도. 모두 놀라면서도 내 말을 더 들어 보자는 분위기였다.

"마로 말대로 그 아이를 데려와서 장례를 치러 주자. 배 안에 아이들이 더 있는지도 찾아보고."

나는 단호하게 말했다. 쉽게 판단이 서지 않는 듯 하나같이 말을 아꼈다. 하지만 어떤 쪽이든 결정하지 않으면 안 된다는 걸 모두 인지하고 있었다. 하나둘 의견을 냈다. 굳이 그렇게까지 할 필요가 있냐는 의견과 마로의 생각을 존중하자는 의견이 팽팽하게 맞섰다.

"만약에 우리가 그 배를 타고 왔다면, 우리도 그 아이처럼 됐을 수 있어."

믿고 싶지 않지만 충분히 그럴 수 있다는 걸 모두 인정했다. 결국 후자에 힘이 실렸다. 하지만 그 일을 시도한다고 해도 성공할 수 있을지는 누구도 장담하지 못했다.

"그 전에 할 일이 있어. 신입들 말이야, 붉은 사막으로 팔려 갈 거야. 곧."

나는 주안이 보고 들은 것과 첸에게 들은 이야기를 전했다. 모두 벌어진 입을 다물지 못했다. 이내 박쥐와 붉은 사막인들에 대한 비난과 욕설이 터져 나왔다. 감정을 추스르는 데는 시간이 걸렸다.

"구조물에 있는 아이를 찾으러 가는 건 그렇다고 치자. 근데 우리랑 상관도 없는 신입들까지 구하자고? 우리가 왜 그래야 하는데?"

D구역 대표가 불만에 찬 목소리로 말했다.

"우리처럼 어디선가 흘러들어 왔지, 우리랑 피부색도 같아. 상관없다고만 볼 수는 없어."

"그건 그렇다고 해도 처음 보는 애들을 위해서 그렇게 위험한 일을 하자고? 그게 말이 되냐?"

"물론, 네 말도 맞아. 근데 걔들도 우리처럼 이유도 모르고 이 섬에 왔잖아. 우리랑 처지가 비슷한 거지."

"야, 무슨 소리야? 걔들은 걔들이고 우린 우리지."

D구역 대표는 여전히 흥분을 가라앉히지 못했다.

"걔들 말이야, 잘못을 저질러서 수감됐었대. 기간이 만료돼서 집으로 가는 줄 알고 배를 탔는데 여기로 왔대."

시형이 그들 중 한 아이와 나눈 이야기를 차근차근 말해 주었다.

"그럼 우리도 도둑질이나 강도질을 했다는 거야?"

D구역 대표가 목소리를 높였다.

"그렇다는 건 아니고, 중요한 건 걔들이 기억을 한다는 거지. 걔들하고 얘기를 해 보면 우리의 과거에 대해서도 뭔가 알게 되지 않을까?"

맞는 말이다. 아니다, 걔들이 기억을 한다고 해도 우리에게 도움이 되지는 않을 것이다. 우리 코가 석 자인데 걔들을 도울 수는 없다. 걔들하고 굳이 엮일 필요가 뭐 있냐. 갑론을박이 계속되었다. 나는 박쥐가 우리의 머릿수보다 숙소를 더 지은 건 누군가 들어올 사람이 있었던 거다, 일부러 배를 가라앉혀서 신입들을 유인했을 가능성이 있다고 했다. 모두 한동안 생각에 잠겼다. 결국 그런 추측만 가지고 움직일 수는 없다는 의견이었다. 나는 다시 우리가 이 섬으로 온 데에는 무슨 음모가 있다는 걸 상기시켰다. 냉정하게 따져 보면 우리도 신입들처럼 팔려 왔을 경우를 생각하지 않을 수 없다. 그걸 밝혀내기 위해서는 신입들부터 구해야 한다. 그들이 붉은 사막으로 넘어갈 시간이 임박했으며, 그들을 구하려면 기원제를 올리는 날이 절호의 기회임을 강조했다. 또 첸도 우리가 그렇게 하기를 바란다고 덧붙였다.

"그래, 다 좋아. 그래서 걔들을 빼돌린다고 치자. 그다음에는 어떡할 건데? 걔들을 숨길 데도 없잖아."

D구역 대표가 여전히 상기된 얼굴로 반발했다.

"우리한테 그 일을 하라고 했을 때는 첸도 뭔가 생각이 있겠지."

섬 주민인 첸이 우리를 도와준다는 걸 어떻게 믿냐. 설령 도와준다고 해도 무슨 의도가 있는 게 아니냐. 질문이 쏟아졌다. 나는 그동안 첸이 보여 준 면면들을 들추었다. 그것만으로는 설득이 안 되었다. 합의는 좀처럼 이루어지지 않았다. 줄곧 관망하고 있던 D구역 아이가 손을 들었다.

"그분은 그저 우릴 도와주고 싶어 하셔. 무슨 목적이 있는 건 아니야. 또 지금 도움이 절실히 필요한 건 우리잖아."

이번에는 첸을 믿는 것이 아니라 기댈 곳이 없으니 어쩔 수 없다는 분위기였다.

"사실은 첸이 박제한 고래는 배야."

그 애는 고래를 배로 만드는 막바지 작업에 동참했으며, 그 배가 우리에게 도움이 될 거라고 확신했다. 모두 호기심을 드러내면서 분위기는 급물살을 탔다.

"암튼 궁극의 목표는 우리가 이 섬을 탈출해서 가족들한테 돌아가는 거야. 가족들이 우릴 기다리고 있어."

마로가 본 책자에 그렇게 적혀 있다는 걸 말했다. 모두 입이 딱 벌어져서 어쩔 줄을 모르다가 저마다 가족들을 떠올리는 듯 이내 숙연해졌다.

얼마나 지났을까. 하나둘 가족들과 헤어지게 만든 자들에 대한 분노를 토로했다. 돌아가려고 해도 가족들이 있는 곳을 모르는 현실이 답답할 뿐이었다. 어쩌면 지금이야말로 우리가 맞은 최대의 위기인지도 모른다. 시형이 위기가 곧 기회임을 일깨우고 회의를 마무리 지었다.

모두 돌아가자 시형이 서둘러 손전등과 망원경을 챙기면서 A구역에 가 보자고 했다.

"왜, 아까는 안 된다더니?"

"한꺼번에 여럿이 움직이는 건 위험해."

시형이 곤봉을 내밀었다. 박쥐 집에 또 들어갔다 온 건가? 어떻게 된 거냐고 해도 시형은 대답하지 않고 실실 웃으며 어깨를 들어 올릴 뿐이었다.

시형이 지도를 짚어 가면서 새로운 길을 그려 넣고, 방향을 제시했다.

가까스로 숲을 벗어나 언덕을 통과했다. 시형은 오늘따라 심하게 절룩거렸다. 짙게 깔린 어둠 속에서 시형도 나도 숨을 죽였다. 가까이에서 잡목들이 움직이고 신음이 들렸다. 조심조심 그쪽을 향해 갔다. 시형이 소리 나는 쪽으로 손전등을 비추었다. 불빛에 드러난 얼굴은 뜻밖에도 고얼이었다. 공포에 질린 채 자루를 끌어안고 있었다. 뭔가가 몸을 짓뭉개고 지나간 형국으로 옷이 찢긴 채였다.

"고얼아!"

어떻게 된 거냐고 묻고 싶을 뿐, 말이 나오지 않았다. 시형이 나에게 망원경을 넘겨주고는 고얼을 일으켰다.

"너희들, 여긴 왜 온 거야? 위험하니까 빨리 돌아가."

순간, 발소리가 들렸다. 나는 얼른 망원경을 들었다.

50미터 전방에 형광색 곤봉을 들고 마스크를 쓴 자들과 아이들의 행렬이 보였다. 마스크 하나가 우리 쪽으로 걸어오고 있었다.

"빨리 돌아가. 빨리."

고얼의 눈이 단호했다.

"너는? 너도 같이 가야지."

나는 고얼의 눈을 뚫어져라 바라보며 말했다.

"난 할 일이 있어. 시형아, 기주 데리고 빨리 가."

고얼이 소리치며 옆으로 이동했다. 마스크가 가까이 온 터에 몇 발짝 떼지 못하고 시형과 나는 엎드린 채 숨을 죽였다. 고얼이 더 멀어졌다. 고얼이 움직이며 다시 소리를 냈다. 마스크가 고얼 쪽으로 다가갔다. 고얼이 그를 유인했다는 걸 알 수 있었다.

"고얼아, 조심해."

시형과 나는 고얼을 향해 달렸다. 고얼과 마스크가 뒤엉킨 채 엎치락뒤치락했다. 육중한 마스크의 몸 아래로 고얼이 깔렸다. 고얼이 한 손으로 곤봉을 든 마스크의 손을 잡고 다리로 마스크의 다리를 휘감은 채 발버둥 쳤다. 시형이 잽싸게 마스크를 밀어내고 마스크의 등을 밟고 서서 돌덩이를 가리켰다. 내가 뭘 해야 하는지 알 수 있었다. 돌덩이를 들지 않을 수가 없었다. 돌덩이를 든 손이 덜덜 떨렸다. 시형이 빨리하라고 눈짓했다. 나는 마스크의 목에 돌덩이를 내리쳤다. 마스크가 억, 소리를 내면서 늘어졌다. 동시에 그가 들고 있던 곤봉이 바닥으로 떨어졌다. 시형이 마스크를 밀어내고 곤봉을 집어 들었다. 고얼이 일어났다. 나는 널브러진 마스크의 등을 짓밟아 주었다.

"이제 됐으니까 그만 가 봐."

고얼이 시형과 나를 번갈아 보며 말했다.

"너도 같이 가자니까."

나는 고얼을 향해 간절하게 말했다.

"난 B구역에 가 봐야 돼."

고얼이 자루를 바짝 끌어안은 채 말했다. 자루 속에 든 것이 뭔지 짐작됐다. 폭발물! 고얼을 혼자 보내서는 안 될 것 같았다.

"우리도 같이 갈게."

"아니, 가 봤자 너희들이 할 수 있는 게 없어."

돌아가서 다른 구역 애들한테도 알리고 대책을 세우라며 그간의 정황을 말해 주었다.

신입들이 붉은 사막으로 팔려 가는 걸 안 A구역 아이들이 박쥐 집으로 몰려갔다. 박쥐가 행동대원들을 풀어 아이들을 잡아갔다. 또 붉은 사막에서 사람들이 왔다. 마스크를 쓴 자들이 그들이었다. 그들이 B구역으로 가고 있었다. 순순히 물러서지 않겠다는 걸 보여 주는 게 고얼의 목적이었다. 이거면 충분해, 하며 고얼이 자루를 움켜쥐었다.

"신입들을 구하러 가려고. 기원제 날. 그 전에 모두 모일 건데 너도 와라."

시형이 말하자 고얼도 흔쾌히 합류하겠다는 의사를 밝혔다. 친구들에게 회의를 알릴 때 혹시 모르니까 붉은 리본 대신 파란 리본

을 걸라고 했다. 고얼의 눈이 형형했다. 나는 몸은 괜찮은 거냐고
물었다. 자기 몸은 자기가 알아서 한다고 잘라 말했다. 내가 정말
괜찮은 거냐고 다시 물었는데 이번에는 나를 쳐다보지도 않았다.

"그럼 사흘 뒤에 보자."

시형이 말하며 쥐고 있던 곤봉을 고얼에게 건넸다. 고얼이 시형
과 나에게 더 필요할 거라고 받지 않았다. 시형이 배낭에 또 있다
고 배낭을 열어 보였다. 고얼이 곤봉을 받아 들고 달리기 시작했
다. 나는 조심하라고 고얼을 향해 소리쳤다. 순식간에 고얼이 멀어
졌다. 차마 떨어지지 않는 발을 떼면서 내가 한없이 작아지는 걸
느꼈다.

다시 폭발음이 시작되고 짧은 간격으로 몇 차례 계속되었다. 고
막이 터질 것 같고 부연 연기가 앞을 가렸다.

"고얼이 말이야, 괜찮을까? 따라갈 걸 그랬나 봐."

"아무 준비도 없이 따라갔다가 오히려 짐이 될 수도 있어. 고얼
이도 계획이 있을 텐데."

얼마쯤 지나자 사위는 다시 정적이었다. 시형이 걸음에 속도를
내기 시작했다.

잠시 방심한 사이 한 발이 웅덩이로 미끄러졌다. 순식간에 종아
리까지 웅덩이로 빨려 들어갔다. 시형이 잽싸게 내 팔을 낚아챘다.
간신히 발을 빼서 땅을 디뎠다. 곳곳에서 검불이 앞을 가로막았다.
이번에는 B구역 쪽에서 불길이 일었다. 내가 엉거주춤 서 있자 시

형도 멈춰 섰다. 다행히 불길이 크게 번지지 않고 사그라졌다. 폭발음도 점점 잦아들다가 완전히 사라졌다.

다시 걷기 시작했을 때는 정적 속에서 시형과 내 발소리만 들렸다. 밤하늘에 고요히 몸을 부린 별들을 의지 삼아 걸음을 옮겼다.

서서히 날이 밝아 오고 있었다. 비탈을 지나 평지에 다다랐다. 멀리 섬 주민들이 걸어가고 있었다. 그들은 늘 아침 일찍 일어나 저마다 일을 시작했다. 어떤 사람은 배에 그물을 싣고 바다로 나가고, 어떤 사람은 씨를 뿌리거나 풀을 베고, 더러는 뭔가를 수리하고, 또 누군가는 가축들을 몰고 다녔다. 남녀가 하는 일은 딱히 구분이 없었다. 이 섬의 주민들에 대해 아는 거라고는 그 정도뿐이었다. 그들은 우리에 대해 뭘 알고 있을까. 우리에게 마음을 열지는 않지만 그렇다고 우리에 대해 반감도 없어 보였다. 우리와 적당한 거리를 유지하는 것이 자신들이 취할 태도라고 생각하는 듯했다. 물론, 그렇게 지내는 것이 우리도 편했다. A구역과 B구역에서 일어난 폭발 사건 이후 박쥐와 행동대원들은 우리를 감시하느라 혈안이 되었는데, 주민들은 변함이 없었다. 내 생각인지도 모른다.

4

거대한 고래가 뿜어내는 기운이 나를 압도했다. 문 옆에 늘어선 낚싯대들 중 하나를 집어 들었다. 커다란 물고기가 딸려 올라왔다. 물론, 상상일 뿐이었다. 문을 두드렸는데 기척이 없었다.

혹시나 해서 문을 밀어 보았다. 문이 열리면서 익숙한 꽃향기가 훅 끼쳤다. 앉은뱅이탁자 앞에서 뭔가에 열중하고 있는 첸의 뒷모습이 보였다. 물이 끓는 소리가 나지막하게 들렸다. 가구라고는 작은 옷장과 매트리스 하나가 전부였다. 고래의 심장과 허파를 비롯해서 여러 기관들로 이루어진 장식품들 때문에 몽환적인 분위기가 물씬 풍겼다.

"저, 기주예요."

그가 돋보기를 벗고 돌아봤다. 탁자 위에 데이지 꽃잎들과 데이지 뿌리들이 가지런히 펼쳐져 있었다. 그 옆으로 실험용 비커와 집게, 알코올램프가 불빛 아래서 반짝거렸다. 처음 온 곳인데도 오래

전부터 드나들던 곳인 양 편안했다.

"여기 있으니까 바다 위에 떠 있는 기분이에요."

"감이 빠르구나. 이 고래 말이다."

그는 처음부터 고래를 바다로 보낼 생각이었다. 그래서 오랫동안 고래를 배로 개조해 왔다. 최근까지 그 일을 했는데 막바지 작업에 동참한 아이도 있었다. D구역 아이의 말대로였다.

그가 배의 구조에 대해 말해 주었다.

천장과 벽면은 목재이고 바닥에는 배에 물이 스며들지 않도록 가죽을 깔았다. 그 위에 송진을 덧발랐다. 정사각형 돛대, 선미에 키도 설치했다. 화물을 쌓아 둘 선창, 중갑판 및 상갑판의 선루에는 여객용 설비를 갖추었다. 구조는 정교하고 공구와 장비들의 기능은 다양했다. 오래전 아일랜드 수도사들이 북대서양을 탐험할 때 탔던 배의 구조를 본떴다.

오랜 역사 속의 한 장면이 머릿속에 펼쳐졌다. 그들의 기나긴 여정에 합류한 기분은 상상이 주는 덤이었다.

그는 배가 우리에게 도움이 되기를 바랐다. 배는 이미 출항할 만반의 준비가 되어 있었다. 잠수복과 물안경을 비롯해서 오리발과 공기통, 수중 전등, 나침반, 어지간한 의료기기들도 갖추었다.

도저히 열리지 않을 줄 알았던 문이 열렸을 때의 기분이라고나 할까. 벌써부터 이 배를 타고 먼바다로 나아가는 느낌이었다.

첸이 배의 도면과 운행 방법이 적힌 책자를 내밀며 잘 익혀 두라고 당부했다. 그런 거라면 시형이 적격이었다. 그는 우리 모두가 그걸 숙지해야 한다고, A구역과 B구역에서 일어난 폭발 사건만 해도 준비가 허술했다고 지적했다.

"친구들과 신입들을 구하러 가기로 했어요."

그가 그럴 줄 알았다는 듯 고개를 끄덕였다. 일이 잘못된다고 해도 걱정하지 말라고, 일이 끝나면 모두 고래배로 오라고 했다. 그와는 긴 말이 필요 없고, 이야기를 나누다 보면 용기가 솟구쳤다. 나는 친구들이 전보다 더 자주 과거를 기억해 내고 있다고 말했다. 그가 반색하며 마음의 소리에 더욱 집중해야 할 때임을 강조했다.

"고얼이한테 반점이 생겼어요."

더 이상 미뤄서는 안 될 것 같아 물었다.

"알고 있다."

그는 더 이상 말을 하지 않았다. 아니, 더 이상 묻지 말라는 표정이었다. 그가 말을 아끼는 이유가 뭘까. 불길한 느낌을 떨칠 수 없었지만 더 이상 물을 수가 없었다.

*

숙소 앞에서 누군가가 서성이는 게 보였다. 멀리서도 누구인지 알 수 있었다. 밤이 이슥한 시간에 무애가 나를 찾아오다니. 눈을 어디다 두어야 할지 몰라 허둥댔다. 다행히 무애가 먼저 할 말이 있다고 했다. 들어오라고 겨우 말하고는 눈을 얼른 돌렸다. 막상 둘이 있게 되자 뭘 해야 할지 무슨 말을 해야 할지 몰라 데이지 꽃차를 우렸다. 꽃을 따서 말리면서 줄곧 무애를 생각했었다. 꽃잎이 우려지면서 연한 갈색을 띠었다.

"무슨 차야? 색깔이 너무 예쁘다. 향기도 좋고,"

"데이지 꽃차."

너를 닮은 꽃이야, 라고 속으로 말했다. 무애가 차를 음미하며 나를 쳐다봤다. 나는 차를 흘리는 것도 모자라 찻잔을 떨어뜨렸다. 무애는 그런 것에 개의치 않는다는 듯 말문을 열었다.

"사실은 몸이 좀 이상해."

"어?"

민망해서 망설였다며, 무애는 여전히 주저했다. 꺼내기 어려운 말이라는 걸 알 수 있었다.

"엊그제, 잠을 자다가 아랫배가 아파서 일어났어."

속옷에 피가 묻어 있어 이상하다 했는데 곧이어 피가 펑펑 쏟아졌다. 무슨 일인지 궁금하고 겁도 나서 보관소로 달려갔다. 백과사전을 뒤져서 그것이 여자들에게만 있는 생리라는 걸 알아냈다. 곧장 선생님을 찾아갔다. 선생님이 아무에게도 말하지 말라고 주의를 주었다. 여자들만의 은밀한 일이라서 그런가 보다 했는데, 문득 다른 이유가 있을 수도 있다는 생각이 들었다. 그래서 나를 찾아왔다.

그 일을 비밀로 해야 하는 이유가 뭘까.

첸은 통증을 느끼는 것만으로도 좋은 징조라고 했다. 생리라면 또 다른 얘기가 아닐까. 그 말을 하자 무애의 표정이 밝아졌다. 나는 그동안 더 기억난 건 없냐고 물었다. 무애는 생리 때문에 어떤 것에도 집중하지 못했다. 괜찮아질 거라고 말하고 싶은데 혀가 말을 듣지 않았다. 대화는 일상의 소소한 것들로 이어졌다. 몇 시에 눈을 뜨며 낮에는 뭘 하는지, 잠이 안 올 때는 무슨 생각을 하는지에 대해. 주로 무애가 묻고 내가 답변하는 식이었다. 어느 결에 화제가 책으로 넘어갔고, 책에 나오는 사랑의 한 대목으로 흘러갔다. 또 사랑을 위해 목숨을 바친 주인공들을 떠올렸다. 나는 그들의 선택을 존중했다. 무애는 사랑을 지키려면 자신부터 지켜야 하는 거라고 생각했다. 너를 위해서라면 기꺼이 나를 버릴 거야, 라는 말이 입안에서 맴돌았다. 더 이상 대화에 집중이 안 되었다. 무애도 마찬가지인 듯했다. 침묵이 흘렀다. 무애가 내 손을 잡았다. 나는 숨이 가빠지는 걸 느꼈다. 몸이 공중에 떠 있는 것도 같고 바닷속에 있는 것도 같았다. 숨을 깊이 들이마셨다가 내쉬기를 반복했다. 이런 느낌 처음이야. 무애가 말했다. 나도 그렇다고 말하고 싶었다. 우물쭈물하다가 결국 하지 못했다. 무애의 입술이 내 입술 가까이 온 순간, 시간이 정지된 느낌이었다. 어느 결에 나라는 존재는 사라지고 없었다. 해수면 위로 해가 떠오르는 광경을 떠올렸다. 그곳으로 몸이 평행이동했다.

바다는 주황에서 붉은색으로 변해 갔다. 무애의 뺨도 발갛게 물들어 갔다. 잔잔한 바람이 귀를 간질이며 무애와 나를 감쌌다. 사랑해. 무애가 속삭였다. 아니, 그 말을 듣고 싶을 뿐, 내 입에서 나왔는지도 모른다. 무애의 가슴이 내 가슴에 닿았다. 이내 무애의 숨이 내 몸속으로 흘러들어 왔다. 무애가 눈을 감았다. 나도 눈을 감았다. 앞이 보이지 않자 무애가 더 많이 보였다. 무애의 가슴을 만지는 상상을 했다. 내 손이 닿는 자리마다 무애의 몸이 데이지 꽃으로 피어났다. 기어이 무애의 입술이 내 입술에 닿았다. 감미로운 감촉이 혀끝에서 가슴으로, 이내 온몸으로 퍼져 나갔다. 곧 슬픔이 샘물처럼 괴었다. 그 도저한 슬픔이 나를 더욱 부추겼다. 무애의 이마와 눈, 입술에 키스를 퍼부었다. 무애의 심장이 내 안에서 뛰었다. 아니, 그러기를 바랐다. 사랑이란, 키스란 어쩌면 고독의 심연과 만나는 일인지도 모른다.

무애로부터 벗어나는 순간, 아주 짧은 여행에서 돌아온 기분이었다. 무애의 숨소리가, 그 숨소리를 따라 일어난 전율이 고스란히 몸에 남아 있었다. 열대에도 북극에서도 사라지지 않을 숨이었다. 비로소 내 몸이 자라기 시작하는 느낌이었다.

*

데이지가 만발한 들판이 끝도 없이 펼쳐졌다. 무애와 함께였는데 어느 순간 나 혼자 걷고 있었다. 가슴이 서늘했다. 순간, 팔에서 이물감이 느껴졌다. 머리맡에서 주안이 나를 내려다보고 있었다. 내 팔에서 손을 걷어 내는 주안의 눈동자가 흔들렸다.

"왜 그래? 어디 아프냐?"

대답 없이 주안이 문 쪽을 힐끗거리더니 이내 고개를 떨어뜨렸다. 자기 안의 뭔가에 몰두한 표정이었다. 슬슬 약이 올랐다. 왜 그러냐고 다그치자 문 쪽으로 시선을 돌렸다. 밖에 누가 있는지 의식하는 눈치였다. 나는 벌떡 일어나 문을 열어젖혔다. 아무도 없었다. 주안이 또 머뭇대다 내 귀에 입을 대었다. 사실은 꿈을 꿨어.

"무슨 꿈?"

"박쥐를 파묻는 꿈."

"네가 고얼이보다 먼저 해치웠네."

일부러 한 말장난이 먹히지 않았다. 주안이 몸을 움츠리며 무슨 말을 하려다가 또 물러섰다. 나는 주안으로부터 떨어져 앉았다. 그게 오히려 효과가 있었다. 주안이 내 옆으로 바짝 다가와서 말문을 열었다.

한 달 전에 박쥐가 자기 집으로 주안을 불렀다. 음식 때문인가 해서 주안은 긴장했다. 박쥐는 뒷짐을 진 채 말이 없었다. 주안이 오히려 애가 달아서 물었다. 음식의 맛이 없는지 간이 안 맞는지 혹은 고기를 더 익히거나 덜 익혀야 하는지. 박쥐는 주안의 말을 듣는 둥 마는 둥 하면서 뒤뜰로 주안을 데려갔다. 거기까지 가는 길은 미로에다 음산했다. 늪 안의 늪. 어느 지점에 이르자 박쥐가 멈춰 섰다. 양어장 앞이었다. 몸통이 가늘고 기다란 은빛 물고기들이 우글우글했다. 쏟아지는 햇살 아래서 놈들이 몸통을 흔들어 댔다. 시야가 온통 은빛으로 넘실거렸다. 너무 아름다워서 진짜가 아닌 것처럼 보일 정도였다. 무엇보다 분위기가 으스스했다. 사흘에 한 번씩 들러서 먹고 남은 음식을 물고기 밥으로 줘라. 식인 물고기는 아니라는 데 안심이 되었다.

그런데 그날 이후 주안은 악몽에 시달렸다. 물고기가 눈알을 파먹을 듯이 덤벼들고 해초들이 목을 친친 감았다. 그게 며칠째 계속되자 꿈이 아니라 헛것을 보는 거라고 생각했다. 그런데 어느 순간 그걸 실제로 경험했다는 걸 깨달았다. 그 자체로 겁이 나서 입도 뻥긋하지 못했다.

박쥐가 주안에게 물고기 밥을 주라고 한 의도가 뭐였을까. 주안을 가까이에 두고 손아귀에 넣으려는 속셈이었나? 그게 아니라면 양어장에 무슨 비밀이 있는 건가? 그게 뭐든 중요한 건 그 일로 인해 주안이 바닷속에서 있었던 일을 기억해 냈다는 거였다. 왜 하필 바닷속이었을까. 가라앉아 있는 구조물이 우리가 타고 온 배가 맞는 걸까. 막연히 추측은 했지만 막상 사실로 드러난다고 생각하니까 두려웠다. 주안이 더 많은 걸 알고 있으면서 말하지 않는 건가? 차마 말하지 못하는 거라면?

"잘 생각해 봐. 네가 왜 바닷속에 있었는지."

"기억이고 뭐고 난 다 싫어. 무서워. 끔찍하단 말이야."

"마음 단단히 먹어. 이건 아주 중요한 문제야."

"박쥐가 하라는 대로만 하면 우린 괜찮을 거야."

"정신 똑바로 차려. 무슨 일이 있어도 우린 이 섬을 나가야 돼."

"기주 넌 늘 그렇게 큰소리만 치지. 결국 아무것도 하지 못하면서."

가슴이 뜨끔하고, 말문이 막혔다. 주안이 자기가 무슨 말을 하고 있는지 모르겠다며 사과했다. 나는 괜찮다고, 우린 친구니까 어떤 말을 해도 상관없다고 다독였다.

주안은 친구들 중에서 몸이 제일 약하고 겁도 많았다. 음식을 잘 먹지 못하고 먹은 것도 토하기 일쑤였다. 선생님이 주안에게 요리를 맡긴 것도 그래서였다. 요리를 시작하면서 주안은 몸에 살이 붙고 해맑게 웃곤 했다. 그런데 요즘 부쩍 안절부절못하고, 얼이 반쯤 나가 있었다.

갑자기 밖에서 무슨 소리가 난다며 주안이 몸을 웅크렸다.

"누구세요?"

문을 열어젖혔는데 아무것도 보이지 않았다. 그럼에도 형용할 수 없는 공기, 피부에 감지되는 불길한 기운이 있었다. 불안감이 불러온 망상에 불과할 수도 있겠지. 주안의 숨소리가 거칠어지고 눈동자가 흔들리더니 결국 말까지 어눌해졌다. 그건 말이라고 할 수 없는, 그저 무의미한 소리에 불과했다. 한참 허공을 바라보더니 무슨 생각을 했는지 눈을 부릅떴다.

"난 그 빌어먹을 과거 따위는 잊을 거야. 박쥐한테 빌붙어 살 거라고."

"너 뭔가 더 기억나는 게 있지? 솔직히 말해 봐."

대답은커녕 이미 주안의 눈에 초점이 없었다. 입도 반쯤 벌어지고 얼굴에 경련이 시작되었다. 곧 팔다리가 뒤틀렸다. 눈에 흰자위가 많아지면서 입에 거품을 물었다. 전에도 이러다가 결국 혀를 물었었다. 나는 얼른 주안을 눕히고 입에 수건을 물렸다. 차츰 팔다리의 경련이 멎고 호흡도 안정을 되찾았다.

불행인지 다행인지 주안은 조금 전의 일을 기억하지 못했다. 다만, 뇌 속의 물질이 한꺼번에 쏟아져 나올 것 같다며 몸을 웅크렸다.

"잠을 자 봐."

"잠들면 상어 떼가 달려들어 심장을 파먹을 거야."

"눈을 뜨고 자면 되잖아. 물고기처럼."

나는 따라 해 보라며 눈을 감는 시늉을 해 보였다. 이번에도 장난은 먹히지 않았다. 주안의 눈빛이 흔들렸다. 바닷속에서 무슨 일이 있었기에 이러는 걸까.

"그러니까 그게…. 그 구조물, 그 구조물 말이야…. 우리가 타고 온 배야."

"뭐? 그게 진짜야?"

"응."

"확실해?"

"그렇다니까."

"그걸 어떻게 알았어?"

"생각났어."

"정말? 언제? 언제 생각났어?"

"며칠 전에."

"그럼 말을 했어야지. 왜 이제야 말을 해?"

"무서워서. 너무 무서웠어."

"그래, 알았어. 알았으니까 자세히 말해 봐."

"그러니까 그게…. 비도 오고 바람도 장난 아니었는데, 배에서 싸웠어."

"싸워? 누구랑 누가?"

"우리하고 우리를 어디로 데리고 가는 사람들하고."

"우리 말고 배에 탄 사람들이 있었어?"

"응."

"몇 명이나?"

"모르겠어. 머릿속이 뒤죽박죽이야."

"알았어, 잘 생각해 봐. 그 사람들이 누구인지 혹시 섬 주민 중에 있는지, 왜 싸웠는지."

"몰라. 섬 주민은 아닌 거 같아. 근데…."

싸움이 크게 번졌고 고얼을 선두로 아이들이 우르르 조타실로 몰려갔다. 주안은 갑판에 남아 있었다. 무슨 일인지 배가 기우뚱하더니 차차 가라앉기 시작했다. 아니, 배가 가라앉기 시작한 뒤에 아이들이 조타실로 몰려갔는지도 모른다. 갑작스럽게 닥친 위기 앞에서 모두 우왕좌왕했다. 고얼과 마로, 눈이 커다란 아이가 앞장서서 아이들을 차례로 배에서 내보냈다.

내가 비몽사몽간에 보아 온 장면들과 관련이 있었다. 뭔가가 떨어져 내리고 몸이 바닥으로 곤두박질치고, 어딘가에 대롱대롱 매달려 있는, 사물의 형체는 없고 아우성만 들리는. 뭔가 잡힐 듯 잡힐 듯하다가 말고 사라진 것들.

주안에게 찬찬히 더 말해 보라고 했다. 주안은 이미 내 말이 들리지 않는 모양이었다. 눈동자가 불안정하게 움직이더니 이내 가슴을 쥐어뜯었다. 옷이 뜯겨 나갈 정도의 격렬한 몸짓, 망상에서 벗어나지 못한 눈이었다. 나는 주안의 가슴을 쓸어 주었다. 주안의 숨소리가 차차 규칙적으로 바뀌었다. 나는 주안의 옆에 누웠다. 주안이 기억해 냈다는 건 모든 게 사실이라는 건데. 우리를 여기로 데리고 온 사람들은 누구이며, 그들은 어디로 간 걸까. 아니, 우리는 이제 어떻게 되는 걸까. 어디로 가야 하는 걸까.

눈을 감자 원형의 빛무리가 물결처럼 일렁이더니 현기증으로 이어졌다. 몸이 끝없이 가라앉고 미끄러져 내렸다. 그런 나를 내가 보고 있는 느낌. 아니, 오래 벼린 칼날이 가슴을 휘젓는 느낌이었다. 참으려고 할수록 고통은 커졌다. 누군가가 내 목을 조르는 듯한 이물감에 이어 머릿속이 방전된 느낌, 암전되듯 모든 것이 사라질 것 같은 아득함. 몸이 한없이 늘어지고, 정신이 몽롱해졌다. 이내 졸음이 밀려왔다. 주안의 말들이 꿈으로 이어지고, 그 꿈의 조각들을 맞추다가 다시 꿈속으로 들어갔다. 어둠이 몸에 감겨 왔다.

*

회의 시간이 임박하자 아이들이 속속 모여들었다. 오랜만인데 어제도 만났던 것처럼 친근하게 느껴지고 그 이상으로 반가웠다. 무엇보다 오늘은 고얼이 온다고 했다. 시형이 회의 시작을 알렸다. 고얼은 왜 안 오는 걸까. 약속을 어길 애가 아닌데. 나는 고얼을 기다리자고 했지만 시간을 지체할 수 없다는 게 대세였다.

A구역 아이가 먼저 A구역과 B구역에서 일어난 일에 대해 이야기했다. 모두 안타까움을 표했다. 또한 무슨 일이든 계획과 준비가 중요하며 정보를 공유해야 한다는 데 공감했다. 이번 모임의 의미도 거기에 있었다. 시형이 먼바다에 가라앉아 있는 구조물에 대해 먼저 이야기하라고 나를 지목했다.

"그게 전에 내가 예상한 대로 우리가 타고 온 배야. 우리가 타고 있을 때 가라앉았대. 주안이가 기억해 냈어."

"그게 정말이야?"

모두 놀라움을 감추지 못한 채 질문이 이어졌다. 어떻게 된 거냐. 우리가 그 배를 왜 탄 거냐. 나는 주안에게 들은 대로 차근히 설명했다.

"그래? 근데 그 배가 왜 가라앉았지? 암초에 부딪쳤나? 무슨 습격을 받았을까?"

B구역 대표가 물었다.

"풍랑이 셌다니까 그래서일 수도 있겠지. 근데 중요한 건 배가 가라앉기 전에 우리하고 우리를 인솔하는 사람들하고 크게 싸웠다는 거야. 의견 충돌 정도가 아니라 큰 싸움이었다면 우리의 사활이 걸린 문제였겠지."

"기주 추리력 하나는 알아줘야 해."

D구역 대표가 엄지를 들며 말했다.

"배가 가라앉았으면 구조대가 와야 하잖아. 근데 아무도 오지 않았다는 게 이상하지 않아?"

"이상한 정도가 아니지. 근데 주안이가 기억을 못 하는 건 아닐까?"

B구역 아이가 말할 때의 버릇인 듯 양손을 펴며 말했다.

"만약 구조대가 왔다면 우리가 이 섬까지 떠밀려 왔을까?"

나는 한숨 돌리고 말을 이었다. 무슨 사정이 있어서 뒤늦게 왔다고 해도 수색을 해서 우리가 여기에 있는 걸 알아냈어야지. 한두 명도 아니고 이렇게 많은 인원이 사라졌는데 아직까지 아무도 우리 찾지 않는 걸 보면 뭔가가 있는 게 분명하다. 누군가가 우리를 의도적으로 여기로 보낸 거다.

모두 내 말에 귀를 기울였다. 거기에서 나는 힘을 얻었다.

"암튼, 지금은 그 배가 어디로 가던 중이었는지가 중요해. 그저 여행 중이었던 거하고 붉은 사막으로 가던 중이었던 거하고는 차원이 다른 거니까."

"뭐? 우리가 붉은 사막으로 가던 중이었다고?"

D구역 대표가 눈이 휘둥그레져서 물었다.

"그럴 가능성을 배제할 수도 없다는 거야."

"그러니까 결국 우리가 팔려 왔다는 거야? 신입들처럼?"

"최악의 경우 그렇다는 거지."

"누가 우릴 팔았다는 거야? 왜?"

"그걸 알아내는 게 우리가 할 일이야."

모두 납득할 수 없지만 의혹 또한 지우지 못하겠다는 표정이었다.

"기주 생각에 동의하고 싶진 않지만, 일리가 있어."

시형이 말했다. 내가 다시 말을 받았다. 우리가 이 섬에 온 것도 그렇지만 1년 동안 아무도 찾지 않았다는 건 더 이상하다. 우리를 인솔해 온 사람들의 정체는 뭐냐. 주안의 말로는 섬 주민 중에는 없다고 했다. 그들도 우리와 함께 배를 타고 왔는데 이 섬으로 왔어야 하지 않냐. 그런데 보지를 못했다. 보지 못했다고 모두 죽었다고 간주할 수는 없다.

모두 현실적으로 이해가 안 가는 게 너무 많다는 데 공감했다. 지금부터 뭘 어떻게 해야 할까. 나는 친구들에게 빨리 기억을 되찾아야 한다는 걸 강조하면서 계속했다. 우리에게 무슨 일이 있었는지는 우리가 알아낼 수밖에 없다. 작은 거라도 기억나면 놓치지 말고 붙잡아라. 붙잡아서 뭐든 이끌어 내라. 어떻게든 마음에 집중해서 기억해 내야 한다.

그건 너무 막연하다고 B구역 대표가 말했다. 감나무 밑에 앉아서 감 떨어지는 걸 기다리는 격이다. 그런 식으로 해서 1년 동안의 기억이 갑자기 나겠냐.

그 말에 몇 명이 동조했다.

"물론, 다른 방법도 있긴 해."

나는 우리의 과거가 적혀 있는 책자와 휴대전화에 대해 말했다. 모두 호기심으로 눈이 반짝거렸다. 시형이 다시 나섰다.

그 책자를 찾으러 가는 건 엄청난 모험이다. 휴대전화만 해도 전압이 안 맞아서 충전할 수가 없다. 박쥐 집에 전압전환박스가 있는데 그걸 훔쳐 내야 한다. 물론, 그게 있다고 해서 휴대전화가 복구된다고 보장하기는 어렵다. 바닷물에 오래 노출된 기계는 기능이 손상되었을 가능성이 높기 때문이었다.

결국 우리 스스로 기억해 내는 것만이 최선이었다. 막연하기는 해도 뇌를 작동하는 일이니까 불가능한 건 아니었다. 주안이도 기억해 내지 않았나.

"하나 더 짚고 넘어갈 게 있어. 한두 명이 아니고 우리 모두가 기억을 잃었다는 거 말이야. 의도적으로 그런 게 아니라면 그럴 순 없지."

"기주 말이 맞는 거 같아. 그런데 왜 의도적으로 우리의 기억을 없앴을까?"

D구역 아이가 말했다.

"우리를 어딘가에 이용하려면 우리가 과거를 기억하고 있는 것보다 기억하지 못하는 편이 유리할 테니까."

"그럼 신입들은 왜 기억을 없애지 않은 거지?"

D구역 대표가 여전히 석연치 않다는 표정으로 말했다.

"나도 그게 의문이야. 기억을 없앴는데 돌아온 건지. 아니면 처음부터 없애지 않은 건지. 그것도 알아내야지. 어쨌거나 신입들이 거기로 가는 건 몸이 말짱하기 때문이야. 우린 몸이 회복되지 않았고."

"정말이야? 확실해?"

"주안이가 박쥐랑 붉은 사막인들이 하는 말을 들었대. 박쥐가 애들 상태가 좋으니까 몸값을 높게 쳐 달라고 했다나 봐. 어찌 보면, 우리 몸이 우리한테 시간을 벌어 주고 있는 셈이지."

목에 힘을 준 탓인지 목소리가 갈라졌다. 하나둘 고개를 끄덕이

다가, 이내 한숨을 내쉬거나 주먹을 쥐었다. 뭔가를 부수거나 망가 뜨리지 않으면 안 될 것처럼 주먹 쥔 손들이 떨렸다. 어떻게 이런 일이 우리에게 일어난 거냐. 왜 우리가 이런 일을 당해야 하냐. 울분과 비탄에 잠긴 목소리가 잇달아 터져 나왔다. 흥분을 가라앉히는 데는 적잖은 시간이 소요되었다. 통증을 느끼고 기억이 돌아오는 걸 박쥐가 눈치채지 못하도록 조심하자는 것으로 그 이야기는 일단락 지었다.

"저번 모임에서도 나온 얘긴데. 첸이 박제한 고래 말이야, 배야. 출항할 준비도 돼 있어."

"그러니까 그 배를 타고 당장 여기를 떠나자는 거야?"

"우리가 필요할 때 그 배를 탈 수 있다는 거야. 비장의 카드인 셈이지. 뭐든 용기 내서 추진할 수 있다는 거."

우리가 갈 곳은 우리가 떠나온 곳, 우리를 기다리는 가족이 있는 곳이다. 하지만 아직은 그곳이 어디인지, 어디쯤인지 모른다는 게 문제였다. 그게 바로 기필코 기억을 되찾아야 하는 이유이기도 했다. 다시 이 섬을 떠나는 문제가 거론됐다.

우선 떠나자. 지금은 아니다, 아무 준비 없이 떠날 수는 없다. 우리가 떠나온 곳이 어디인지 알아낸 다음에 떠나야 한다. 모색마저도 여기를 떠나야 가능한 거 아니냐. 의견이 분분했다.

덩치가 식식거리며 뛰어 들어왔다. 시선이 일제히 덩치에게로 향했다.

"큰일 났어. 고얼이가 어제 나가서 감감무소식이야."

"뭐?"

"어딘지 모르지만 구덩이를 파러 간 거 같아."

박쥐가 구덩이를 파라고 했다면서 고얼이 투덜거리며 나갔다. 박쥐는 고얼에게 왜 구덩이를 파라고 했을까.

"그 여자 신입을 묻으려는 거 아닐까? 자살하려고 한 사람은 함부로 하지 못한다며? 묻어 버리면 감쪽같을 거잖아."

"그래, 기주 말이 맞는 거 같아. 전에 자살한 사람 말이야, 물고기에게 몸이 뜯긴 채 돌아왔다는. 그 사람도 구덩이에 묻어 버렸다고 들었어."

"문제는 구덩이 위치야. 어디에다 판 거지?"

이런저런 추측들 가운데 박쥐 집이 가장 유력했다. 문득 박쥐 집 양어장 근처가 떠올랐다. 주안은 양어장까지 가는 길이 미로라고 했다. 첸도 여자 신입이 있는 곳은 지리 감각이 있고 민첩해야 갈 수 있는 곳이라고 하지 않았나. 하지만 그야말로 모든 게 추측이고 그림일 뿐이었다.

덩치가 진지한 표정으로 할 말이 있다고 운을 떼었다.

"사실, 고얼인 오래전부터 여길 떠나려고 했어."

고얼이 탈출을 제안했고, 실패할 경우를 생각해서 우선 몇 명만 움직였다. 만일을 대비해서 무기로 사용할 폭발물을 만들고, 박쥐에게 알랑거리는 척하면서 이런저런 정보도 알아냈다. 그러던 중에 고얼의 몸에 반점이 생기고 기력도 현저하게 떨어졌다. 계획을 보류하자고 해도 고얼은 듣지 않았다. 때가 되면 모두에게 알리려고 했고 마침내 그때가 왔다고 생각했다. 그런데 중요한 시점에서 고얼이 자취를 감춘 거였다.

"다 좋은데, 왜 자기 몸은 그렇게 놔두냐고. 바보 같은 자식!"

나도 모르게 목소리가 격앙되었다.

"만에 하나 자기가 잘못된다고 해도 친구들한테 표본이 될 거라고 했어. 우리 피부색에 뭔가가 있는 거 같다고."

"뭐?"

"원래는 보라색이 아니었는데 보라색으로 바뀌었을 거라고."

과연 고얼다웠다. 그런데 누가 왜 우리의 피부색을 바꿨을까. 그래야만 하는 이유가 있었을 텐데. 피부색과 사라진 기억, 통증에는 무슨 상관관계가 있는 걸까.

의혹이 눈덩이처럼 불어났다. 모두 문제의 심각성에 공감했다.

과연 우리가 여기를 벗어날 수 있을까. 과거를 알아내고 먼바다의 배에 있는 아이를 찾아 나서겠다는 의지마저도 아득했다. 모든 것이 그저 헛된 안간힘에 불과할지도 모른다. 아니, 게임은 이미 시작되었다. 지금까지 평지를 걸었다면 앞으로는 절벽을 기어올라야겠지. 거센 파도가 배를 앞으로 나아가게 하는 법이니까.

*

어스름 속에서 새가 부리를 내밀 듯이 빛이 비쳤다. 고얼은 어디에 있을까. 온 섬을 뒤져서라도 구덩이를 찾아내야겠지. 박쥐 집의 양어장! 그 근처에라도 가 봐야 하지 않을까.

발이 절로 동쪽 숲으로 향했다. 아랫배에 힘을 주고 뒤꿈치를 꾹꾹 누르며 걸었다. 숨을 들이쉬고 내쉴 때마다 뭔가가 들어왔다가 빠져나가고, 이내 몸이 텅 빈 느낌이었다.

숲은 입구부터 고요 가운데 눅눅한 기운이 흘렀다. 기온과 습도가 급속도로 올라간 탓이었다. 얼마쯤 더 가자 섬 주민 몇이 종종걸음으로 옆을 스쳐 지나갔다.

"우물에 가는 거라면 돌아가는 게 좋아."

전에 우물에서 몇 번 마주친 적이 있는 여자였다. 우물은 생각지도 않았는데, 여자의 말이 귓가에 맴돌았다. 몇 발짝 떼지 않아서 목이 찢어져라 우는 소리가 들렸다. 사람의 목소리는 아닌데, 그 소리가 나를 이끌었다.

배에 칼이 꽂힌 채 나무에 묶여 있는 짐승은 바위 구멍에 사는 아기 양이었다. 숨을 할딱거리며 몸을 떨었다. 아기 양의 배에서 칼을 뽑고 겉옷을 벗어 지혈했다. 누가 이런 짓을 했을까. 아기 양에게 물이라도 먹여야지 싶어 우물을 향해 달렸다.

우물이 시야에 들어올 즈음, 누군가가 앞을 가로막았다. 도희! 우물은 벌써 말라 버렸다고 했다. 하지만 내 눈으로 확인하기 전에는 믿고 싶지 않았다.

우물은 예전의 우물이 아니었다. 우물을 둘러싼 돌담에 이끼가 끼고 두레박은 줄이 끊어진 채 나뒹굴었다. 이따금 찾아와 우물에 비친 달빛에 소원을 빌곤 했는데, 달빛은커녕 깊은 어둠만 드리웠다. 도희가 입을 열었다. 박쥐는 우물이 마르면 제물을 바쳐야 한다고 생각하는데 이번에는 그 제물이 무리에서 이탈한 양이었다.

"왜 그걸 나한테 말해 주는 거야? 우리는 얼마 전에 처음 봤을 뿐인데."

"네가 생각보다 위험한 애 같아서."

섣불리 까불거나 나대지 말라는 말이었다. 그걸 말해 주었으니까 알아서 하라는, 일종의 경고. 자기 아버지에 대한 반발심에서 나온 거라고 해도 도희의 태도는 의아했다.

"내가 너희들 숙소로 온 거 말이야, 내가 오겠다고 한 거 아니야."

박쥐가 우리를 감시하라고 시켰다. 도희 특유의 냉정함을 유지하는 말투였다. 그것이 도희에 대한 의심을 지워 주었다.

"굳이 네가 우리를 감시해야 할 이유라도 있어?"

"또래니까 쉬울 거라고 생각한 거지."

"뭘 감시하라는 건데?"

"너희들이 기억을 되찾고 있는지. 몸은 회복되고 있는지."

이번에도 도희는 망설이지 않고 대답했다.

몸의 회복과 기억이 돌아오는지 여부가 박쥐에게 중요한 이유가 뭘까. 딸까지 투입해서 감시해야 할 만큼 중요한 거라면, 그것이 우리의 운명에 결정적인 변수로 작용한다는 건데. 지금이라도 몸이 회복되고 기억을 되찾으면 박쥐에게 무슨 이득이 있는 거지? 아니, 그 반대여야 이득인가? 의혹이 꼬리를 물고 일어났다. 첸은 통증을 느끼는 건 몸이 회복되고 있다는 증거이고 기억과도 연결돼 있다고 했다. 감각과 의식은 하나로 이어져 있어 몸이 마음이고 마음이 곧 몸이기 때문이라고. 그 말은 둘 다 회복될 수 있고 회복해야 한다는 말이었다.

"그게 왜 그렇게 중요한 건데? 그건 우리 일이잖아."

도희가 나를 빤히 쳐다봤다. 그렇게도 상황 판단이 안 되냐는 눈빛. 더 캐묻지 말라는 무언의 암시이기도 했다. 어쨌거나 그것보다 더 급한 건 고얼의 행방이었다.

"고얼이가 어디로 갔는지 안 보여. 구덩이를 파러 나갔다는데."

도희가 내 말에는 대꾸하지 않고, 뜬금없이 여자 신입이 자기 집에 있다고 말했다. 고얼의 행방이 묘연하다고 했는데, 여자 신입의 행방에 대해 말해 주는 이유가 뭘까. 고얼이와 구덩이, 여자 신입 사이에 뭐가 있는 건가. 아무것도 없다면 굳이 말해 줄 이유가 없겠지. 나는 거기가 어디냐고 물었다. 도희는 대답이 없었다.

"양어장? 혹시 그 근처에 구덩이를 판 거야?"

"혹시라도 거길 가려고 했다면 생각을 바꾸는 게 좋을 거야. 거긴 한번 들어가면 못 나오거든. 들어가는 길하고 나오는 길이 달라."

그 말을 남기고 도희는 돌아섰다. 그걸 말해 주려고 나를 찾아온 거라고 할 수밖에 없었다. 적진의 한복판에서 아군을 만난 기분이었다. 아니, 도희에게서 받은 느낌은 그 이상이었다.

다시 아기 양에게 달려갔지만 아기 양은 이미 숨을 거둔 뒤였다. 어미 양의 품에 안긴 채였다. 어미 양의 몸은 싸늘하고 아기 양의 몸에는 온기가 남아 있었다. 〈빈들의 소리〉, 무애의 연주가 귓가에 맴돌았다. 애잔한 선율이 멀리 지평선으로 이어졌다.

*

갑자기 사이렌이 울리고, 확성기에서 박쥐의 음성이 흘러나왔다. 연일 급속도로 오른 기온과 습도로 인한 가축들의 집단 폐사 소식이었다. 이어서 우리에게 모이라고 명령했다. 고얼을 찾아야 하는데 난데없이 소집이라니. 안 가고 싶지만 그랬다가는 무슨 벌을 받을지 모른다. 갈 거라면 서두르는 게 낫겠지. 나는 보폭을 크게 하고 걸음에 속도를 냈다.

섬 주민 둘이 커다란 자루를 둘러멘 채 걸어가고 있었다. 나는 발소리를 죽였다.

이놈을 내 손으로 받아서 얼마나 공을 들여 키웠는데, 허망하지 뭔가. 소 안 죽은 걸 다행으로 생각해야지. 그렇기는 하네만. 소라고 안 죽는다고 장담할 수도 없잖은가. 또 무슨 일이 일어날지 원…. 이게 다 그 여자 때문이지 뭔가. 제사장이 그 여자를 어떻게 했을지…. 기원제를 잘 지내야 하는데….

숲의 중심부로 접어들자 나무들은 축축 늘어져 있고 뭔가가 썩는 냄새가 진동했다. 가시덤불이 몸에 엉겼다. 주민들의 말을 곱씹다가 방향을 잃었다. 두리번거리고 있는데 마침 시형과 주안의 모습이 보였다. 둘 다 이마에 땀이 맺혀 있었다. 가까이서 호각 소리가 들려왔다.

"숲에다 제방을 쌓을 것도 아니고 아침부터 갑자기 웬 소집이래?"

시형이 인상을 구기며 말했다.

"좋은 일에 우릴 불렀겠냐?"

그렇겠지. 시형이 맞장구쳤다. 나는 여자 신입이 박쥐 집 양어장 근처에 있는 게 맞는 것 같다고 말했다. 도희가 거긴 위험하니까 절대 가지 말라고 했다고. 도희가 그랬다면 맞을 거라고 시형이 말을 받았다.

시형의 도희에 대한 절대적인 믿음은 어디서 나오는 걸까.

뭔가 더 이야기를 해야 하는데, 행동대원이 호각을 불며 지휘봉을 흔들어 댔다.

"이것들이 정신상태가 썩었잖아. 빨리 오지 않고 뭘 그렇게 꾸물거려?"

행동대원의 뒤쪽으로 닭과 돼지, 토끼를 비롯한 가축의 사체들이 쌓여 있었다. 아직 숨이 붙어 있다고 해도 이미 눈이 풀어진 놈들이 태반이었다. 사지가 벌어졌거나 고개가 늘어진 채 입에서 진득한 점액이 흘러나왔다. 거기에 쉬파리들까지 들끓었다. 무엇보다 악취가 진동했다. 비위가 약한 주안이 꺽꺽 소리를 내며 토했다.

"지금부터 구덩일 파서 저것들을 몽땅 쓸어 넣어라. 해 떨어지기 전에 다 끝내야 돼."

"우리가 왜 이런 것까지 해야 돼요?"

"저것들 썩고 있는 게 안 보이냐?"

"왜 하필 우리가 하냐고요?"

"니들이 해야 하는 거니까 시키는 거 아냐, 인마."

"병이라도 옮으면 책임지실 거예요?"

"이 자식이 어디다 대고 꼬박꼬박 말대꾸야?"

그가 지휘봉으로 내 어깨를 쿡쿡 찔렀다. 속이 부글부글 끓었다. 그의 멱살이라도 잡고 싶었다. 하지만 공연한 일에 에너지를 소모하고 싶지 않았다. 악취는 점점 심해졌다. 구덩이를 파기도 전에 악취에 질식하는 건 아닐까. 시형에게 도망치자고 했다. 시형이 눈짓으로 한 지점을 가리켰다. 그새 박쥐가 와서 우리를 노려보고 있었다.

"쓸데없는 데 힘 빼지 말고 시작하는 게 좋을 텐데."

시형이 한숨을 내쉬며 곡괭이를 들자 주안도 따라 들었다. 나도 하는 수 없이 삽을 들었다. 삽날을 땅에 박는 순간, 삽자루가 손에서 튕겨나갔다. 박쥐가 혀를 차며 자리를 떴다.

땅속에서 얽힌 나무뿌리들이 삽날을 붙잡고 늘어졌다. 수시로 돌무더기가 굴러 떨어져서 구덩이는 팔수록 좁아지는 것 같았다. 꾸물거리는 벌레들이 삽날에 찍히는 걸 보아 내는 것도 고역이었다.

땅을 파기 시작한 지 두 시간쯤 지나서야 비로소 구덩이의 윤곽이 잡혔다. 눈앞이 노래지더니 몸이 휘청했다. 결국 삽날에 발등이 찍혀 구덩이에 거꾸로 처박혔다.

"이러다간 저 가축들보다 우리 숨이 먼저 끊어지겠다."

시형이 구덩이로 뛰어들어 나를 일으켜 세웠다.

"더 이상 못하겠다. 그만하자."

주안이 고갯짓으로 뒤쪽을 가리켰다. 간 줄 알았던 박쥐가 서 있었다.

"밥값은 해야 된다고 한 거 같은데?"

박쥐가 눈썹과 입술을 동시에 실룩거렸다. 참으려고 했지만 밥을 안 먹고 말지, 라는 말이 튀어나왔다.

"저것들이랑 같이 묻어 주느냐고 물어 봐."

박쥐가 행동대원을 향해 말했다. 행동대원이 우리에게 빨리하라고 외치며 지휘봉으로 땅을 두들겼다.

"일은 체력이 아니라 저렇게 정신력으로 하는 거다."

박쥐가 곡괭이를 내리꽂는 주안을 가리키며 말하고는 돌아섰다. 피가 역류하는 느낌이었다.

"그렇게 나대다가는 큰코다친다. 한두 놈쯤 묻어 버리는 건 일도 아니야."

행동대원이 나를 보며 을렀다. 나는 발악하듯 삽을 내리꽂았다. 시형도 씩씩거리며 몸을 빠르게 움직였다. 주안은 벌써 힘이 부치는지 숨소리가 거칠었다. 나는 주안에게 조금 쉬라고 했다. 주안은 들은 척도 하지 않더니 결국 곡괭이를 끌어안은 채 넘어졌다.

정오를 지날 즈음 행동대원이 거들먹거리며 우리에게 빵을 던져 주었다. 곧 바위 위에 누워 늘어진 뱃구레를 드러낸 채 줄기차게 코를 골아 댔다. 도망칠 기회였지만 우리는 이미 체념한 상태였다.

해 질 녘이 되어서야 구더기로 뒤덮인 가축들을 모두 구덩이로 쓸어 넣었다. 아직 숨이 남아 쌕쌕거리는 놈들과 눈을 마주치면 오싹했다. 나는 눈을 반쯤 감은 채로 몸을 움직였다. 살가죽이 벗겨진 놈들을 맨손으로 잡는 건 내 살갗이 벗겨지는 고통과 맞먹었다. 숨이 간당간당한 새끼 돼지가 그르렁대며 내 발목에 주둥이를 대었다. 발로 걷어차자 바로 떨어져 나가기는 했지만 나는 온몸의 털이 일어서는 걸 느꼈다. 몇 번을 더 그런 식의 진저리를 치고 나서야 구덩이 밖에서는 사체를 볼 수 없었다. 흙을 덮으려는 순간, 주안이 사체 더미 위로 고꾸라졌다. 나는 곧장 뛰어내려 주안을 일으켰다. 발바닥에 닿는 물컹한 감촉에 등줄기가 서늘하고 속이 메스꺼웠다. 내가 주안의 몸을 받치고 시형이 위에서 주안을 끌어 올렸다. 행동대원은 손 하나 까딱하지 않고 빨리하라고 소리를 질러 댔다. 목과 등에 구더기가 기어 다니는 느낌이었다. 온몸이 땀으로 흥건했다.

드디어 사체들 위로 흙을 덮기 시작했다. 해가 기울고 있었다.

"묻힌 것들이 뛰쳐나와 날뛰는 꼴을 보지 않으려면 꾹꾹 밟아라."

밟을수록 땅은 단단해졌다. 점점 높이 뛰어올랐다가 착지하는 것으로 치밀어 오르는 화를 달랬다. 행동대원이 우리를 흘깃거리며 콧노래를 흥얼거렸다.

"세게 밟아. 더 세게! 해 떨어지는 거 안 보이냐?"

그의 입에 돌이라도 쑤셔 넣고 싶은 심정이었다. 계속 토하던 주안이 결국 누런 위액까지 뱉어 냈다. 시형도 거칠게 숨을 내뿜더니 기어이 악악 소리를 질렀다. 나도 따라 소리쳤다. 괴괴한 적막 속에서 시형과 내 목소리가 메아리로 울려 퍼졌다.

밟기를 끝냈을 때는 셋 다 탈진해서 주저앉았다.

"싸돌아다니지 말고 곧장 숙소로 가. 비상사태라는 거 알지?"

우리는 각자 몸에 밴 냄새를 의식해 떨어져서 걸었다. 사체들이 내지르는 괴성이 귀에 달라붙었다. 어둠이 사위에 풀어진 뒤에야 숲을 빠져나왔다.

5

검은 풀들이 쑥쑥 자라나더니 이내 들판을 뒤덮었다. 희끄무레한 구름마저 검은 하늘로 빨려 들어가고, 어둠이 성큼 내려앉았다. 나는 무작정 달렸다. 죽어라고 달렸는데, 낭떠러지 앞이었다. 한 발이 허공에 걸렸다. 꿈이구나 하는 순간, 누군가 다급하게 내 이름을 부르는 소리가 들려왔다. 반복되는 소리에 일어나 앉았다. 시형!

"기주야, 무애가 마스크들한테⋯."

오늘 아침 시형이 보관소에 갔다가 무애를 만났다. 둘은 보관소를 나와서 걸었다. 어젯밤에 무애가 많은 걸 기억해 냈다. 부모님의 얼굴이며 키우던 강아지까지. 내 별명이 뭐였는지 알아? 개날라리! 노랑머리에 찢어진 청바지를 입고 거리에서 기타를 쳤어. 근데 기분 개좋은 거 있지. 둘은 한동안 무애가 떠올린 것들에 대해 이야기했다. 무애가 자기는 생리를 하고 다친 가슴도 나아 간다고, 시형도 곧 절룩거리지 않을 거라고 위로했다. 몸의 회복과 기억이 되살아나는 것이 밀접하게 연결되어 있다는 걸 확인하고 시형도 들떴다. 대화가 한창 무르익어 가는데 마스크를 쓴 자들이 앞을 가로막았다.

무슨 말이든 해야 하는데 입안에서 혀가 따로 놀았다. 날카로운 것이 가슴을 저미고 무애에 대한 그리움이 폭풍처럼 밀려왔다. 고얼의 행방도 묘연한데 무애까지 그렇게 되다니. 시형도 악을 지르며 머리칼을 쥐어뜯었다. 분노와 절망감은 모여서 더 커졌다.

"하루 빨리 이 섬을 벗어나는 것밖에 방법이 없어."

나도 이제 여기라면 지긋지긋했다. 당장이라도 떠나고 싶었다. 하지만 무애와 함께하는 게 아니라면 그 무엇도 의미가 없었다.

걸음이 절로 무애의 숙소로 향했다. 시형이 묵묵히 뒤따랐다.

무애의 손길과 숨결이 밴 소품들, 은은하거나 깊고 짙은 노랑들. 그것들만이 무애의 부재를 확인시켜 주었다. 더 이상 넘어가지 않는 책장처럼 생각은 더 나아가지 않았다. 앞을 보고 있어도 앞이 보이지 않았다.

발톱이 얼얼할 때까지 땅을 걷어차며 걸었다.

어느덧 바다가 가까이 다가와 있었다. 광막한 바다, 파도만이 바다의 모든 것이었다. 흰 포말로 시작된 파도는 청록을 거쳐 암록으로, 암청으로 깊어졌다가 다시 하얗게 되살아났다.

너를 찾으러 갈게. 아무리 높은 산도 거센 파도도 너에게 가는 걸 막지는 못할 거야.

붉은 사막으로 넘어가기 전에 마로가 감금당했던 곳. 약도 먹이고 훈련도 시킨다는, 이 섬의 동쪽 해발 300미터에 위치한 산중, 그 어딘가에 있다는 비밀 동굴. 우리의 과거가 기록된 책자가 있는 곳.

"무애를 찾으러 갈 거야."

"거기가 어디라고 가냐?"

이미 시형의 말은 들리지 않았다. 대꾸하지 않자 시형이 첸과 의논하자고 했다. 이 일은 첸도 허락하지 않겠지. 그래도 갈 거라면 의논은 의미가 없었다. 나는 고개를 저었다. 시형이 거길 꼭 가야만 하겠냐고 다시 물었다. 지옥이라도. 속으로 말했다. 길고 외로운 여정이 될 것이고 돌아오지 못할 수도 있겠지. 가슴 깊은 곳에서 회오리가 일어났다. 시형이 고집은, 하면서 내 어깨를 툭 치고는 이참에 그 책자도 찾아보지 뭐, 라고 했다. 콧잔등이 시큰했다. 시형이 씩 웃으며 주머니에서 지도를 꺼냈다. 무애에게 거기에 가는 길을 들은 뒤 보관소에서 지도를 찾아 베껴 두고 길이 몸에 붙도록 지도를 가지고 다녔다나. 새삼 시형이 든든했다.

우리는 물과 간식, 망원경과 곤봉을 챙겨 길을 나섰다. 30분쯤 지나 시형이 내 옆구리를 찔렀다.

"너, 무애 좋아하지?"

"무애 안 좋아하는 사람 있냐?"

"야, 난 아니다. 나, 눈 높다."

시형은 특유의 심미안과 감별력을 가진 여자애만이 자기 마음을 움직인다고 했다. 나는 취향도 가지가지네, 라고 농담하면서 생각했다. 이 섬에 그런 애가 있었나? 시형은 그 애를 처음 본 순간, 심장에서 쿵 소리가 났다. 먼발치에서 그 애를 보기만 해도 다리가 후들거렸다. 그 애도 자기에게 호감을 갖고 있다며 으쓱했다. 시형에게 이런 의뭉스러운 구석이 있다니, 살짝 놀라웠다. 그런데 이내 시형의 표정에 그늘이 드리웠다.

"기껏 자랑해 놓고 표정이 왜 그러냐?"

"그 애랑 나 사이에 건널 수 없는 강이 있거든."

농담으로만 들리지 않았다. 상대가 누굴까. 한참 생각했는데도 마땅히 떠오르는 애가 없었다. 도움이 필요하면 언제든지 불러 주세요! 문득 시형이 도희를 처음 본 날 했던 말이 떠올랐다. 혹시 도희? 그러고 보니 도희가 특별히 예쁘거나 매력적이지는 않지만 그 애만의 독특한 분위기가 있었다. 시형이 박쥐 집에 드나들 수 있었던 것도 도희가 있어서 가능했는지 모른다. 물론, 심증일 뿐이었다. 어쨌거나 시형이 이렇듯 어두운 표정을 짓는 건 처음이었다. 과거의 기억 속에서 손톱을 물어뜯고 사람들 앞에 나서지 못했다고 했을 때도 이 정도는 아니었다. 갈망하면서도 말하지 못하는 것이 사랑이었다. 이토록 무모한 길을 떠나온 것도 사랑 때문이었다.

이 길이 무애와 함께 산책하는 길이라면 얼마나 좋을까. 고얼은 어떻게 됐을까. 둘 다 무사할 거라고 믿고 싶었다.

길은 험하고 표지판 하나 없었다. 입술이 갈라지고 입안에 침 한 방울 고이지 않았다. 제대로 가고 있는 걸까. 지도만이 위안이 었다. 아니, 시형의 직관과 방향 감각을 믿었다.

어느새 산중턱으로 접어들었다. 공기의 밀도가 다르고 냄새도 달랐다. 바람은 겨우 서 있는, 키 작은 나무와 엎드린 풀들을 흔들고 풀과 나무들이 빚어내는 소리를 받아 다시 길을 만들었다. 길은 침묵 속에서 아득하게 펼쳐졌다. 때로 아주 좁아지고 경사가 급하기도 했다. 어떤 장애물이 나타난다고 해도 맞서 싸워야겠지. 걸을수록 길은 더 길어지고 목적지는 멀어지는 느낌이었다. 발목에서부터 시작된 통증이 종아리를 타고 올라왔다. 기어이 무릎으로 허벅지로 뻗어 오르더니 결국 나를 주저앉혔다. 내가 이렇게 무너지면 무애는 어떻게 될 것인가. 무애를 생각해서라도 두려움을 이기고 스스로를 다스려야지.

산중의 해는 쉽게 저물었다. 산모퉁이 하나를 돌면 무애가 앞에 서 있을 것만 같았다. 굽이굽이 무애 없는 곳이 없었다. 무애의 주근깨를 떠올리며 허공을 바라봤다. 돌부리에 걸려 넘어지면 욕을 내뱉고, 우리를 여기로 오게 한 자들을 저주했다. 그들을 찾아 복수해야지. 그런 다짐만이 발을 앞으로 나아가게 해 주었다. 순간,

바스락 소리가 났다. 숨을 죽인 채 소리 나는 쪽을 향해 몸을 돌렸다. 멀지 않은 곳에 마스크들이 보였다. 깜박거리는 불빛이 길의 양쪽을 옮겨 다녔다. 도망쳐야 할까? 투항해야 하나? 이전까지의 모든 생각들은 배부른 푸념에 불과했다. 책에서나 볼 법한, 국경의 한 검문소에 다다른 느낌. 숨소리마저 죽이고 몸을 낮추었다. 마스크 하나가 가까이 오고 있었다. 시형이 앞으로 나아갔다. 나는 발이 떨어지지 않았다. 순식간에 마스크가 나를 덮쳤다. 한 팔로 내 목을 두르고 목에 곤봉을 대었다. 칼날! 순간, 시형이 달려와 재빠르게 곤봉을 빼앗아 마스크의 옆구리에 쑤셔 넣었다. 마스크가 신음을 토해 내며 옆으로 굴렀다. 시형이 그를 밀어내고 나를 붙잡아 일으켰다. 급박하게 사이렌이 울리고 마스크들의 움직임이 소란했다. 마스크 무리가 방향을 돌렸다. 그들이 차차 멀어졌다. 비로소 긴 숨이 터져 나왔다. 얼마쯤 더 숨을 고른 뒤 낮은 포복으로 그곳을 벗어났다.

"그 사람 괜찮을까?"

"그 사람이 괜찮으면 네가 안 괜찮았겠지. 간이 그렇게 작은 자식이 여긴 왜 오자고 했냐?"

내 표정을 본 시형이 어이없다는 듯 죽지는 않을 만큼만 찔렀다고 덧붙였다.

시형이 절룩거리고 나도 다리가 후들거렸다. 결국 평평한 바위에 나란히 앉았다. 우리 사이가 바위처럼 단단하다는 생각만이 위로가 되었다.

다시 걷기 시작했을 때는 하늘에 별이 총총했다. 어둠 속에서 커다란 새들이 날아다녔다. 얼마쯤 지나자 뭔가가 널브러져 있는 게 보였다. 설마, 사람은 아니겠지. 가슴이 조여들었다. 제법 덩치가 큰 짐승의 사체였다. 사체의 배에 들러붙은 새들의 움직임이 부산했다. 새들이 일시에 사체에서 떨어져 나와 시형과 나를 덮칠 기세로 날개를 펼쳤다. 황량한 벌판 어디에도 몸을 숨길 곳은 없었다. 시형과 나는 몸을 낮춘 채 숨을 죽였다.

어둠은 점점 깊어졌다. 쉿, 하면서 시형이 걸음을 멈추었다. 멀리 붉은 모래를 실은 수레가 보였다. 아이 둘이 앞서고 마스크들이 뒤따랐다. 시형이 잠시 쉬었다가 가자며 지도를 펼쳤다. 어디가 어디인지 가늠할 수가 없었다. 바위 위에 누웠다. 하늘이 한눈에 들어왔다. 이내 몸이 풀어지고 눈꺼풀이 무거웠다.

얼마나 잠들었던 걸까. 두리번거리는 사이에 시형도 깨어났다. 어느새 별들이 사라지고 날벌레들이 눈앞에서 빙빙 돌았다. 우리는 다시 걷기 시작했다.

언덕을 내려가자 검은 물웅덩이가 보였다. 아니, 웅덩이라고 할 수 없는 규모의 물줄기였다. 이건 또 하나의 복병이었다. 불그레한 하늘이 주황으로, 다시 황금색으로 변해 갔다. 그 빛 때문에 물은 더욱 검게 보였다.

저 물을 건널 수 있을까?

물속에서 발광체들이 나와 빛을 쏘아 댔다. 그 빛이 무애와 나를 더 멀리 갈라놓는 느낌이었다. 연이어 폭발음이 나고 주변에 연기가 자욱했다. 빌어먹을! 이러지도 저러지도 못한 채 서 있는데 낯익은 얼굴이 앞으로 다가왔다. 첸!

"여기가 어디라고 온 거냐?"

맨손으로 호랑이굴에 들어온 거라고 그가 엄중히 꾸짖었다. 뭐라고 대꾸해야 하는데 입이 떨어지지 않았다.

"어서 돌아가자."

낮지만 근엄한 목소리였다.

이렇게 돌아갈 거였으면 애초에 오지도 않았겠지.

내가 뜻을 굽힐 생각이 없다는 걸 알아차린 첸이 말을 이었다.

우리가 당도한 곳은 라온과 붉은 사막의 중간지대로 흙과 모래가 붉고 바람이 세었다. 붉은 사막으로 가기 전에 아이들이 격리되어 통과 절차를 거치는 곳. 그동안 사라진 아이들과 이번에 A구역과 B구역에서 붙잡힌 아이들이 모두 그 과정을 밟았다.

붉은 사막으로 가기 위해 거쳐야 할 통과 절차란 뭘까. 무애는 어떤 일을 겪고 있을까.

"그럼 무애는 어떻게 되는 거예요?"

"무애는 내가 책임지마."

우선 안심이 되었다. 하지만 상대가 박쥐도 아니고 붉은 사막인들인데 첸이 무슨 수로 무애를 책임진다는 건가. 내가 반신반의하는 표정을 짓자 첸이 염려 말라고 하면서 어깨를 다독여 주었다. 첸을 믿는 수밖에 없겠지. 하지만 여기까지 왔으니 우리의 과거가 기록돼 있다는 책자를 찾아야 하지 않을까. 첸에게 말하지 않을 수가 없었다.

"한발 늦었다."

그건 이미 붉은 사막 측에서 챙겨 갔다. 더 서두르지 못한 게 후회되었다. 첸이 말을 이었다. 그 책자가 있다고 해도 그 책자에 기록된 내용은 휴대전화에 저장된 것에 불과했다. 또 휴대전화를 복구하더라도 거기에 있는 자료는 단편적인 정보에 불과하므로 근본적인 해결책이 되지는 못했다. 결국 기억을 되찾기 위해서는 마음의 소리에 집중해야 하는 거였다.

나는 차마 떨어지지 않는 발을 떼었다.

"고얼이 말이다."

고얼이 구덩이를 파러 가기 전에 첸을 찾아왔고, 여자 신입을 찾으러 가겠다고 했다. 고얼의 의지가 너무 강해서 첸도 말리지 못했다. 물론, 첸도 거기에 갈 사람은 고얼밖에 없다고 생각했다. 첸이 덤덤하게 말해서인지 당연한 일처럼 여겨지기까지 했다. 하지만 그토록 위험한 곳에 몸도 안 좋은 고얼을 보내다니.

"그럼 고얼인 어떻게 되는 거예요?"

"그 애 성격을 알지 않느냐. 그 애의 선택을 존중해야 한다."

고얼이 무슨 일을 당해도 고얼의 선택이었으니 존중하라는 말이었다. 입을 열면 첸에 대한 원망이 쏟아져 나올 것 같았다.

"삶이든 죽음이든 선택이라는 건 결국 자신에게 도달하기 위한 여정이다."

어떤 의미를 가진 말이든 귀에 들어오지 않았다. 뭔가 더 따져 물어야 하는데 여전히 입이 떨어지지 않았다. 첸도 더 이상 할 말이 없다는 표정이었다.

이제 고얼은 어떻게 될까.

한곳에 집중한다는 뜻의 고얼. 그 이름이 어떤 힘을 발휘하기라도 하듯 모두 고얼의 말에 집중했다. 나는 늘 책을 끼고 살고 누구보다 먼저 읽는다고 생각했다. 그런데 고얼은 벌써 그 책의 내용을 꿰고 있었다. 문제아처럼 보이지만 섬세한 감수성을 지닌 '홀든', 자신이 누구인지 집요하게 파고들어 기어이 자기 안의 자기를 발견해 낸 '싱클레어', 이지적인 사색가 '나르치스'와 예리한 영감을 소유한 몽상가 '골드문트', 용기 있는 모험가 '돈키호테'의 이야기를 모두 고얼이 해 주었다. 그리고 상대의 반응에 무감했다.

그런 고얼에게 나는 열등감을 느꼈다. 같은 나무라 해도 고얼이 훨씬 단단한 뿌리를 가졌다는 걸 인정할 수밖에 없었다. 야무진 구석도 없고 우유부단한 데다 성격까지 예민한 나는 고얼과 비교 상대가 안 되었다. 또 고얼은 늘 되고 싶은 게 있다고 했다. 투사나 운동선수 혹은 학자나 예술가. 어떤 거라도 고얼과 잘 어울렸다.

난 잠수부가 되려고. 인어랑 사랑도 나누고. 머리가 좋으면 마음이 차갑다고 하지만 고얼은 둘 다 갖춘 경우였다. 또 내 마음 깊은 곳에 잠들어 있는 갈망들을 일깨워 주었다. 그런 고얼을 잃을 수는 없다. 잃어서도 안 된다.

*

　밤새 잠들지 못하고 뒤척이기만 했다. 귀에 달라붙는 이명을 떨치려고 숙소를 나서서 발길 닿는 대로 걸음을 옮겼다. 인기척이 났다. 설마 했는데, 선생님과 박쥐였다. 나는 얼른 나무 뒤로 숨었다. 어둠이 채 가시지도 않았는데 두 사람이 만나는 이유가 뭘까.

　아무 잘못도 없는 애들이에요. 왜 이리 말귀를 못 알아들으시나. 아쉬운 건 내가 아니라 애들이라니까. 선생님이 할 일이 뭔지 잘 생각해 보시오. 남아 있는 애들만이라도 여기서 잘 지낼 수 있게 해 주세요…. 쓸데없는 짓들 하지 말고 잠자코 있으라고나 해요. 그럼 책임지신다는 건가요? 아직도 내 말을 못 알아들은 게요? 어차피 버려진 애들인데, 여태 거둬 준 것도 감지덕지해야지.

　갑자기 번개를 맞으면 이런 기분일까. 우리가 버려졌다니, 그 말은 지금까지 들은 그 어떤 말과도 비교할 수 없는 충격을 안겨 주었다. 이 말을 듣기 전과 이후의 우리가 같을 수는 없을 것이다. 믿고 싶지 않지만 선생님이 묵인하는 걸 보면 사실이라는 거겠지. 대체 누가, 왜 우리를 버렸을까. 왜 하필 우리인가. 가족과 생이별하게 만든 자들. 그자들을 찾아서 이 분노와 치욕을 고스란히 돌려줘야지. 하지만 적이 누구인지도 모르면서 적과 싸워야 하다니. 당장은 눈앞의 적도 무시할 수 없었다.

생각 같아서는 당장 박쥐와 선생님 사이에 끼어들고 싶었다. 하지만 감정을 앞세울 때가 아니었다. 선생님이 박쥐를 향해 뭐라고 하고는 돌아섰다. 선생님의 뒷모습을 바라보는 박쥐의 눈에 단순한 호의 이상의 뭔가가 담겨 있었다. 속이 부글거렸다. 박쥐가 자리를 뜨기만 기다렸다. 지금이라도 선생님을 만나 뭐든 이야기해야 하지 않을까.

길은 정적이 감도는 가운데 이따금 바람 소리만 들려왔다. 한 발 한 발 내딛을 때마다 안개가 짙어졌다. 안개가 걷히는 길목에서 다시 안개가 시작되었다. 선생님을 빨리 만나야 한다고 생각할수록 선생님이 멀리 달아나는 느낌이었다. 한참이나 선생님의 숙소 주변을 맴돌고 난 뒤에야 선생님을 불렀다. 문이 열리고 선생님이 모습을 드러냈다.

"안 그래도 꼭 만나고 싶었는데 잘 왔다."

숙소 안은 썰렁했다. 창문에는 검은 천이 드리워져 있어 창문이 없는 것처럼 보였다. 방 안에 흐르는 냉기가 선생님과 나 사이를 대변해 주었다.

"기주야, 당분간은 여기서 지내야 해."

이 섬을 나가는 것에 대해 말하려고, 단단히 벼르고 찾아왔는데 첫 마디가 여기서 잘 지내야 한다니. 맥이 빠졌다.

"바닷속에 있는 구조물, 뭔지 아셨잖아요?"

"그래, 맞아. 너희들이 그 배를 타고 왔어. 내가 아는 건 거기까지야."

"왜 여태 말해 주지 않으셨어요?"

"너희들이 안다고 달라질 게 없으니까."

"아는 것과 모르는 건 다르죠."

"너희가 상처받지 않기를 바랐다면 이해하겠니?"

"상처라면 이미 받을 만큼 받았어요. 선생님은 저희가 어떻게 하길 바라시는 거예요?"

"말했잖니."

감정이 제거된 말투였다. 선생님이 아닌, 다른 사람과 이야기하는 기분이었다.

"더 이상 가만있지 않을 거예요."

"그러다간 다 잃게 돼."

"저희가 더 잃을 게 있기나 한가요?"

"기주야! 내 말 들어."

대화가 순조롭지 않을 거라고 예상은 했지만 초반부터 이렇게 삐걱거릴 줄은 몰랐다. 나는 기어이 자리를 박차고 일어났다. 선생님이 나를 붙잡았다. 어쩌면 이것이 선생님과의 마지막 대화가 될수도 있겠지. 그 초조함이 나를 다시 자리에 주저앉혔다.

선생님이 찻물을 올리는 사이에 마음이 조금 가라앉았다.

"마셔 봐. 향기가 참 좋아."

내가 무애에게 준 차의 향기였다.

"기주야. 우리가 어떤 사이니? 계속 이런 식으로 얘기하면 안돼."

그건 내가 하고 싶은 말이었다. 나는 침묵으로 답했다.

선생님과 우리 사이에 있었던 일들, 선생님이 우리에게 베풀어 준 것들이 스쳐갔다. 얼마 전까지만 해도 선생님은 우리가 기쁨과 슬픔을 함께 나눈 유일한 대상이었다. 산소 같고 물 같은 존재. 무엇보다 우리의 정신적 지주였다. 선생님 없이 앞으로 뭘 할 수 있을지 막막했다. 알고 있는 걸 다 말해 달라는 말이 목구멍까지 올라왔다. 내 입에서는 전혀 다른 말이 나갔다. 우리는 선생님에게 모든 걸 의지했으며 선생님은 우리의 전부였다고. 선생님이 자기도 마찬가지라고 했다. 조금 전까지 궁색한 변명만 하더니 여유를 되찾은 듯 보였다. 내가 감정에 휩쓸림으로써 선생님에게 빠져나갈 구멍을 마련해 준 셈이었다.

"여기로 오는 배 안에서 싸움이 일어났다고 들었어요."

"의문을 가질수록 더 힘들어져."

"아뇨, 알아야겠어요. 배가 가라앉았으면 구조대가 왔어야 하잖아요. 근데 왜 저희들이 이 섬까지 오도록 내버려 뒀을까요? 일 년이 지나도록 아무도 저희들을 찾지 않는 이유가 뭐예요? 배가 아직 바닷속에 있는 이유는요? 누가 저희들을 버린 거예요? 그 배, 어디로 가던 중이었어요?"

"여긴 파도가 아주 거센 바다야. 그 파도를 이기려고 하면 할수록 더 휘말리게 돼 있어. 그러니까 여기서 멈춰!"

내 질문에 대답도 하지 않고 파도 운운하다니. 어떤 경우에는 의미를 가질 수도 있는 말이지만 지금은 아니었다. 지금 우리에게 필요한 건 용기였다. 우리를 이끌어 주어야 할 사람은 그 누구도 아닌, 바로 선생님이었다. 지금이라도 선생님이 마음을 돌리기만 바랐다.

"멈출 수 없어요. 멈추지 않을 거예요."

"기주야, 제발! 지금은 어떻게든 여기 있어야 돼."

"그럴 수 없다는 거 아시잖아요? 여기 있으면 결국 붉은 사막으로 가게 될 거예요."

"그렇지 않아. 지금 여길 떠나는 게 더 위험해. 붙잡히면 그땐 정말 돌이킬 수가 없어."

모든 것이 엉망이 되어 버리고 정신마저 해체된 느낌이었다. 자리를 박차고 일어나고 싶었다. 선생님과 내 생각은 처음부터 좁힐 수 없는 것이었는지도 모른다.

"저희들이 왜 여기에 왔는지 알아내고야 말 거예요."

"그래야지. 하지만 그건 나중에. 지금은 기억이 나도 안 나는 것처럼, 통증을 느껴도 느끼지 못하는 것처럼 하면 돼."

"그럴 수도 없고, 그러지도 않을 거예요."

내 목소리가 너무 컸는지 선생님도 놀란 기색이었다. 다시 침묵이 이어졌다. 나는 더 이상 아무 말도 하고 싶지 않았다. 선생님은 할 말이 남은 눈빛이었다.

"난 너희들보다 더 어렸을 때 왔어."

선생님은 왜 여기에 왔는지도 모른 채 박쥐가 시키는 대로 하면서 살아왔다. 다행인지 불행인지 과거에 대해 생각나는 게 없었다. 왼쪽 눈이 안 보이는데 원인도 알 수 없고, 기억이 나지 않으니 언제부터 그랬는지도 알 수 없었다. 시력을 회복한다는 건 생각지도 못했다. 세상의 모든 걸 다 볼 필요는 없는 거다. 반만 보고 사는 게 나을 수도 있다. 그렇게 스스로를 위로하면서 견뎠다. 그런데 어느 날부터인지 보이지 않던 눈에 사물이 들어오기 시작했다. 그 사실을 아무에게도 말하지 않았다. 아무도 묻지 않았기 때문에 굳이 말할 필요도 없었다. 시간이 흘러 붉은 사막이 어떤 곳인지 알고 난 뒤에는 그걸 입 밖으로 내서는 안 된다는 걸 알 수 있었다.

선생님은 자기처럼 해야 한다고 타일렀다. 그럴 수 없다고 해도 집요했다.

"고얼일 말려야 해. 네가."

"고얼인 며칠째 행방불명이에요. 고얼일 저대로 놔두면 어떻게 될지 몰라요. 몸에 반점이 생겼는데 심각해요. 빨리 고얼일 찾아야 한다고요."

애써 아무렇지도 않은 척했지만 선생님의 눈꺼풀이 떨렸다. 그럼에도 말은 하지 않았다. 나는 마음이 조급했다.

"그 여자 신입, 박쥐 집에 있는 거 맞죠?"

선생님이 주춤했다. 순간, 나는 희망이 가까이에 있다는 걸 감지했다. 선생님은 여전히 침묵했다.

지푸라기라도 잡으려고 했던 무모한 희망의 결과는 허탈했다. 선생님과 작별해야 한다는 걸 알 수 있었다.

"무애가 생리하는 걸 왜 비밀로 하라고 하셨어요?"

"무애가 이렇게 되지 않기를 바랐으니까."

결국 무애가 이렇게 된 것과 생리가 상관이 있다는 말이었다. 그런 거냐고 따져 물었다. 선생님이 고개를 끄덕였다. 자신이 시력을 회복했지만 비밀로 해 온 것과 같은 맥락이었다. 선생님이 계속했다. 어쨌거나 지금은 여기를 떠나서는 안 된다. 어떻게든 버텨야 한다. 떠나는 건 때를 기다렸다가 다시 생각해 보자고 사정하듯 했다.

아직도 박쥐에게 기대를 걸고 있는 선생님이 안쓰러웠다. 우리와 함께 가자고 하고 싶었지만 끝내 말하지 못했다.

선생님과 헤어져 돌아오는 길 내내 마음의 갈피를 잡을 수 없었다. 한 발 한 발 내딛으며 오래전 과거를 상상해서 글을 썼던 때를 떠올렸다. 상상 속에서 우리는 지금과 다른 성별이었거나 어린아이 혹은 노인이었다. 누군가는 서로 연인이었고 누군가는 경쟁의 대상이었다. 선생님이 우리의 글을 읽고 난 뒤 그런 건 쓰지 않는 게 좋다고 하지 않고, 그런 건 생각하지 않는 게 좋다고 했다. 왜 그걸 생각하지 말아야 하는지 그때 물었어야 했는데. 그때 이미 우리의 과거에 뭔가가 있다는 걸 어렴풋이 짐작했으니까.

안개가 서서히 걷히고 막 모습을 드러내기 시작한 해가 훑듯이 선생님의 모습을 지워 버렸다. 어느새 노랑부리새가 가까이 와 있었다. 늘 그렇듯이 새는 내 머리 위를 한참 돌다가 멀어져 갔다.

*

멀리 파도가 굽이치며 내달았다. 우리에게 무슨 일이 있었는지 바다는 알고 있을까.

해안가를 벗어나 무작정 걸었다. 얼마쯤 걷자 오르막길이 나왔다. 나뭇가지 사이로 하늘이 열리고 햇빛이 모래알처럼 쏟아졌다. 풍경은 이상할 것도 없는데 새 울음소리 하나 들리지 않았다. 주변이 점차 무채색으로 변하면서 내 몸마저 휘발되는 느낌이었다. 바위에 걸터앉아 숨을 깊게 들이쉬고 내쉬기를 반복했다. 차차 호흡이 안정되고 몸도 이완되었다. 아득한 기억 속의 한 장면이 떠올랐다.

고얼이 배가 이상한 곳으로 가고 있다, 배를 세워야 한다고 소리쳤다. 이내 아이들이 동요했다. 마로와 눈이 커다란 아이, 고얼이 앞장서서 우리를 인솔하는 자들과 격한 언쟁을 벌이다가 결국 몸싸움으로 이어졌다. 무슨 영문인지 배가 가라앉기 시작했다. 우리는 고얼의 지시에 따라 서로 도우며 가까스로 배에서 빠져나왔다.

주안이 기억하는 것과 같았다.

기껏 배를 빠져나와서 온 곳이 이 섬이라니.

하지만 더 이상 한탄만 하고 있을 수는 없다. 고얼을 찾아서 함께 여기를 떠나야만 한다. 무슨 일이 있어도 해내야겠지. 나는 어깨를 활짝 펴고 걸었다.

어느새 들판은 정오의 햇살을 탐하며 황금빛을 머금었다. 계곡을 따라 내려가다가 구불구불한 오솔길로 들어섰다. 몇 발짝 떼었을 때 나뭇잎 밟히는 소리가 났다. 설마 누가 내 뒤를 밟고 있는 건 아니겠지? 뒤를 돌아다보려고 하는 순간, 도희가 앞을 가로막았다. 내 얼굴을 힐끗 쳐다본 뒤 돌아서서 걸음을 떼었다. 나도 땅만 보고 묵묵히 걸었다. 오랜 친구와 함께 걷고 있는 기분이었다. 이 시간이 오래 지속되어도 좋겠다는 생각마저 들었다.

"이 섬에서 나가려고 하는 거 알아."

나는 얼른 대답하지 못함으로써 사실을 인정한 셈이 되었다. 어차피 거짓말할 생각도 없었다.

"나도 언젠가는 이 섬을 떠나려고 했어. 막연하고 두려웠는데 이젠 아니야."

우리와 함께 가자는 말은 할 필요도 없었다. 도희에게 갖고 있던 약간의 경계심마저 사라지고, 친구를 얻은 기분이었다. 약속이나 한 듯이 둘 다 걸음을 멈추었다.

"먼바다의 배에 있는 아이들을 찾으러 갈 거라고 들었어."

"응. 우리랑 같이 온 친구들이야."

도희가 작은 주머니 하나를 내밀었다.

"이거, 고얼이한테 전해 줘. 도움이 될 수도 있으니까."

"근데 왜 이걸 나한테 주는 거야?"

"네가 고얼일 포기하지 않을 거 같아서."

알 수 없는 뭔가가 도희와 나 사이를 관통하고 지나갔다. 전에도 그랬듯이 내가 무슨 말을 하기 전에 도희는 걸음을 재촉했다. 구름이 도희의 뒤를 따라갔다. 얼마쯤 가다가 도희가 뒤돌아섰다.

"걘 바다로 갈 거라던데, 느낌이 좋지 않아."

어느 결에 노랑부리새가 곁으로 다가왔다. 천천히 걸음을 옮겼다. 첸의 고래로 향하는 길이었다. 바람이 순한데도 몸이 오소소 떨렸다.

*

고래배 앞에 서자 안도감이 밀려왔다. 그럼에도 안으로 들어가지 못하고 한참을 서성거렸다. 기척을 내지 않았는데 첸이 문을 열고 나를 반겨 주었다. 엉거주춤 서 있는 나에게 그가 방석을 내밀었다. 나는 자리에 앉은 후에도 무슨 말부터 꺼내야 할지 몰라 머뭇거렸다.

"이 차를 마셔 봐라."

익숙한 향기가 났다. 데이지!

"데이지 뿌리인데."

그것이 몸을 해독하고 상처를 치유한다는 걸 첸은 최근에 알아냈다. 또 좋은 소식이 있었다. 붉은 사막에 있는 첸의 동지들이 곧 무애를 첸에게 인도할 예정이었다.

절망의 한가운데서 희망을 마주한 기분이었다. 나는 첸에게 고맙다고 정중하게 인사했다. 첸이 미소를 지었다. 그 미소가 내 마음에도 여유를 안겨 주었다. 네가 알아야 할 거라면, 하나하나 알아 가게 될 거다. 그가 했던 말이 떠올랐다.

"라온 말예요, 붉은 사막하고 어떤 관련이 있는지 궁금해요."

이제는 너도 알아야 할 때가 온 것 같구나, 하고는 첸이 말문을 열었다.

처음에는 두 곳이 그저 인접해 있는 섬이었다. 오랜 항해에 지친 배가 붉은 사막으로 가기 전에 잠시 쉬어 가는 곳이 라온이었다. 라온은 자원이 풍부하니까 붉은 사막에 없는 먹을거리나 생활에 필요한 물자들을 실어 가기도 했다. 그런데 1년 전 우리가 이 섬으로 들어왔다. 박쥐는 우리의 피부색을 보고 우리가 붉은 사막으로 가던 중임을 알아차렸다.

우리가 여기로 오기 전에 이미 피부에 어떤 조치가 가해졌다는 말이었다. 우리의 피부에 무슨 비밀이 있는 거라는 고얼의 추측이 맞았다. 첸이 고얼에게 생긴 반점에 대해 말해 주었다. 그건 아주 드물게 나타나는 부작용으로 몸의 면역력이 떨어져서 생긴 거였다. 나는 첸에게 치료할 방법이 없는 거냐, 방법을 찾아 달라고 했다. 그런 증상이 한번 나타나면 돌이킬 수 없다고 그가 일축했다. 나는 우리가 전에 먹었던 알약에 희망을 걸고 물어보았다. 그건 더 이상 효험이 없었다.

왜 고얼에게 그런 일이 생긴 건가. 왜 하필 고얼인가.

첸이 계속했다.

우리가 라온에 들어온 이상 붉은 사막에서는 박쥐와 협상할 수밖에 없었다. 우리를 그들에게 넘기는 대신 큰 대가를 받을 수 있기 때문에 박쥐로서는 횡재나 다름없었다. 우리가 배에서 크게 반발했다는 걸 알고 붉은 사막의 의료진이 라온으로 건너와 우리의 기억을 없앴다. 우리가 라온에 당도한 뒤 의식을 회복하기 직전의 일이었다. 기억이 없어지면 다루기가 수월할 거라고 판단한 거였다. 또 우리가 스스로 기억을 되찾는지 여부를 실험하려는 의도도 있었다. 스스로 기억을 되찾기만 하면, 기억을 없애지 않은 뇌보다 타인에게 이식 후 뇌 기능 활성화 효율이 높았다. 그런데 그 과정에서 치명적인 오류가 발생했다. 통각이 사라지고 몸의 회복이 멈춘 거였다.

그들의 입장에서 볼 때 우리는 실패한 결과물이었다. 우리를 이러지도 저러지도 못하고 지켜보는 중이었다. 박쥐는 우리가 기억과 통각을 되찾는지 예의주시했다. 다른 아이들에 비해 몸과 기억의 회복이 빠른 아이들부터 그쪽으로 보냈다. 마로와 무애도 그렇게 그쪽으로 갔다. 결국 붉은 사막으로 가기 위해 통과해야 하는 절차라는 것도 그걸 확인하는 과정이었다. 전에도 그런 경우가 있었는데, 시루 선생님이었다. 선생님은 끝내 시력과 기억을 되찾지 못해 여기에 남았다.

하지만 첸은 선생님이 벌써 시력과 기억을 되찾았다는 걸 알고 있었다. 선생님은 자신에게 일어난 변화에 대해 말하지 않음으로써 스스로 목숨을 구한 셈이었다.

추측과 사실의 괴리란 이런 것일까. 어떤 말을 듣게 되더라도 당황하지 않으려고 했던 다짐이 무색했다. 할 수 있는 거라고는 분노로 들썩이는 가슴을 움켜쥐는 것뿐이었다.

"그러면 왜 저희한테 몸을 회복하고 기억을 되찾으라고 하셨어요?"

"기억을 되찾아야 자신이 누구인지 알게 되고 무엇을 해야 할지도 알게 될 거라고 하지 않았느냐. 몸은 당연히 회복해야 하는 것이고."

나는 누구일까. 이기주가 아닌, 그 전의 나는 어떤 아이였을까.

무엇을 좋아하고 어떤 꿈을 꾸었을까. 어디서부터 실마리를 풀어야 내가 누구인지 알 수 있을까.

첸은 박쥐가 알아채지 못하도록 하라고 우리에게 더 주의를 주었어야 했다고 자신을 탓했다. 하지만 그건 그의 탓이 아니었다. 그는 나에게 할 말이 있다고 하고는 눈을 지그시 감았다.

"나는 붉은 사막에서 이곳으로 파견됐다."

나는 내 귀를 의심했다. 철석같이 믿어 온 그가 붉은 사막인이라니.

붉은 사막인은 우리를 위협하는 존재인데 그는 우리를 도와주고 있지 않은가. 하지만 그가 붉은 사막인이 아니라면 이런 말을 할 이유가 없겠지.

"내가 왜 이제야 이 말을 하는지 알겠느냐?"

"전에 알았다면 제가 찾아오지 않았을 테니까요."

그가 고개를 끄덕였다. 나는 그에게 우리를 돕는 이유를 물었다. 그는 붉은 사막인들이 하는 일이 부당하다고 생각하며, 희생자들에 대한 부채감을 갖고 있었다. 그도 그 실험에 강제로 투입된 의사들 중 하나였다.

그의 말이 진실이라는 걸 알 수 있었다. 그럼에도 그에게 배반감이 드는 것은 왜일까.

침묵하는 나를 향해 그가 운을 떼었다. 붉은 사막인들이 언제 들이닥칠지 모르는 상황이었다. 우리가 있는 곳은 벼랑 끝이나 다름없었다.

그가 말을 이었다.

라온의 서쪽에 있는 섬에 뜻을 같이하는 동지들이 있으며, 붉은 사막인들에게 저항하여 곧 거사를 도모할 예정이었다. 더 이상 우리와 같은 아이들이 생기는 것을 막기 위해서. 우리가 원하면 당분간 그 섬으로 가 있어도 된다. 물론, 선택은 우리에게 달려 있다. 선택의 여지가 없지 싶으면서도 갈등이 되었다. 물론, 나 혼자 결정할 수 있는 문제도 아니었다.

"이제 너희들은 지금까지보다 더 많은 일을 겪게 될 거다. 그러니 지금보다 더 강해져야 한다."

그가 내 손을 잡으며 기원제가 임박했으니 신입들을 구하는 일에 차질이 없도록 철저한 계획을 세우라고 당부하듯 일렀다.

6

오늘이 기원제 전 마지막 회의였다. 회의에 앞서 나는 데이지 뿌리의 효능에 대해 말했다. 몸이 곧 회복될 거라는 희망에 차서 모두 환성을 질렀다. 이제 더 이상 누구도 첸을 의심하지 않았다. 오히려 천군만마를 얻었다는 반응이었다. 분위기가 한껏 고양된 터에 다음 말을 꺼내기가 더 어려웠다. 지금부터 내가 하는 말에 너무 놀라지 말라고 포석을 깔았다. 우리가 놀랄 게 더 있겠냐는 눈빛들이었다.

"그동안 사라진 애들이 붉은 사막으로 갔어. 마로도."

"뭐? 어떻게 그럴 수가 있어? 그럼 우리도 거기로 갈 거라는 거야?"

"응. 우리는 그 사람들의 몸을 복원하기 위해서 붉은 사막으로…."

충격이 너무 컸는지 아무도 입을 열지 못했다. 한참 침묵이 흐른 뒤 하나둘 자리에서 일어나 주먹으로 벽을 치고 벽에 머리를 박았다. 내 심장을 그 사람들한테 줘야 한다고? 내 허파를? 말도 안 돼. 왜 그래야 하는데? 죽으면 죽었지 그렇게는 못 해. 내 몸의 털끝 하나도 건드리지 못하게 할 거야….

모두 격하게 끓어오르는 울분을 가라앉히지 못했다. 누가, 왜 우리를 거기로 보내려고 했느냐는 질문이 이어졌다. 나는 그걸 알아내는 게 우리의 과제라는 걸 강조했다. 모두 비탄에 잠긴 채 침묵이 이어졌다.

"지금 상황이 급박해졌어. 그자들이 언제 닥칠지 모르는 상황이야."

"그럼 우린 어떻게 해야 하는 거야?"

A구역의 아이가 물었다.

"떠나야지."

"어디로?"

나는 첸의 동지들이 있는 섬에 대해 말했다. 물론, 위험을 감수해야 하고 선택은 우리에게 달렸다는 것도. 떠나는 걸 보류하자. 당장 떠나지 않으면 안 된다. 치열한 공방 끝에 우선 그 섬으로 가는 것이 가장 현실적인 대안이라는 데 의견이 모아졌다.

"문제는 고얼이야."

"그러게, 우리가 당장 그 섬으로 떠나면 고얼인 어떻게 되는 거야?"

D구역 아이가 물었다.

"그건 아직 미지수야."

시형도 그렇게밖에는 말할 수 없겠지. 그럼에도 서운했다. 나는 고얼을 두고 떠날 수 없다는 걸 분명히 했다.

"무슨 일이든 희생자가 있기 마련이잖아. 고얼이도 이해할 거야."

시형이 내 눈을 피하며 말했다.

"물론, 그러겠지. 근데 입장이 바뀌었다면 어땠을까? 고얼이가 우리를 놔두고 갔을까? 천만에! 고얼인 끝까지 우릴 찾았을 거야. 같이 갔을 거라고. 안 그래?"

내가 날을 세우자 모두 내 눈치를 봤다. 친구들 사이에서 신망이 두터운 고얼이니만큼 신중할 수밖에 없었다. 나는 고얼의 몸이 거의 절망적인 상태임을 알렸다. 왜 그런 거냐, 회복할 방법은 없냐. 앞다투어 물었다. 나는 첸에게 들은 대로 고얼에게 생긴 반점은 아주 드물게 나타나는 부작용으로 몸의 면역력이 떨어져서 생긴 것이며, 그런 증상이 한번 나타나면 돌이킬 수 없다고 말해 주었다. 하지만 일단 고얼을 찾기만 하면 회복할 방법이 있을 거라고, 희망의 끈을 놓지 말자고 했다. 결국 고얼을 찾아 나서야 한다는 쪽으로 의견이 기울었다. 그 바탕에는 그것이 우리의 결속을 다지는 길이라는 생각이 깔려 있었다.

"신입들을 구할 기회는 기워제밖에 없어. 신입들을 구하자는 애긴 기주 네가 먼저 했잖아."

사실을 인정하면서도 시형의 말은 여전히 못마땅했다.

"그래, 내가 먼저 그랬어. 하지만 그때하고 상황이 달라졌잖아. 중심을 어디에 두느냐가 중요해. 고얼이한테 중심을 두면 간단해져. 일부는 그 일을 하고 나머지는 고얼일 찾는 게 어때? 지금도 늦지 않았어."

덩치를 비롯해서 몇몇 아이들이 내 말에 손을 들어 주었다.

"모두가 힘을 합쳐도 모자랄 판인데 뭐, 나눠서 하자고?"

시형이 버럭 성을 냈다.

"그렇게라도 해서 고얼일 찾아야지. 너는 신입들을 구하러 가고, 나는 고얼일 찾고. 다른 사람도 각자의 선택에 맡기면 되잖아."

"너, 정말 계속 그럴래? 고얼이가 어디 있는지도 모르잖아. 구체적인 계획이나 방법도 없고."

시형이 다시 반박했다. 맞는 말이었지만 나도 물러설 수는 없었다. 구덩이의 위치는 박쥐 집 양어장 근처가 유력했다. 나는 오늘 밤에라도 거기에 가 보면 무슨 방법이 있을 거라고 했다. 시형은 기원제를 앞두고 그쪽에 가는 건 신입들을 포기하는 거나 다름없다고 반기를 들었다. 논의는 다시 원점으로 돌아갔다. 어떤 걸 우선해야 하는지 의견이 분분했다.

"떠나는 걸 조금 늦추는 게 어때? 기원제 끝나고 바로 고얼일 찾는 거로. 조금 늦는다고 문제될 건 없잖아?"

D구역 대표가 말했다. 논의는 계속되었다. 기원제가 끝나면 박쥐의 감시가 더 심해질 거다, 바로 떠나야 한다. 나는 기왕 박쥐 집에 들어가는데 양어장 근처에 가 보자고 했다.

드디어 시형이 결론을 내린 표정이었다.

"그래, 일단 신입들을 구해 낸 뒤에 상황 봐서 움직이는 거로 하자."

지금으로서는 가장 합리적인 제안이라는 데 대다수가 동의했다. 더 이상 내 뜻을 고집할 수만은 없었다. 혼자 고얼을 찾을 수밖에. 최악의 경우는 고얼을 찾지 못한 채 혼자 이 섬에 남게 되겠지.

이어서 신입들을 구해 내는 문제에 대해 구체적으로 논의를 시작했다. 시형의 주도하에 조를 짜고 각자 일을 맡았다. 시형이 박쥐 집 내부의 구조도를 펼쳐 각자의 위치를 짚어 주었다. 거기까지는 일사천리로 진행되었다. 시형의 리더십 덕분이었다. 가장 중요한 건 기원제가 이루어지는 마당을 교란시키는 거였다. 박쥐의 눈앞에서 해야 하는 일이고 그만큼 위험이 따르는 일이었다.

"그건 내가 할게."

"시형이 너, 정말 괜찮겠어?"

"응. 그건 처음부터 내가 하려고 했어. 나름 계획도 세워 뒀고. 그 전에 기주랑 지하창고에 들어가서 전압전환박스하고 곤봉을 좀 챙길게. 신입들한테 주의사항도 말해 주고. 그다음에 정해진 위치에서 합류하자. 합류하는 지점은⋯."

그렇게 말함으로써 시형은 단번에 모두의 신임을 얻었다.

"장애물을 만날 경우도 생각해 둬. 한 사람이라도 실수하면 모두가 위험해지는 거 알지? 눈에 보이지 않는다고 감시반이 없다고 생각하면 안 돼. 자, 그럼 몸조심하고."

시형의 눈이 투지로 번득였다. 모두 결의를 다지면서 파이팅을 외쳤다. 이제 모든 걸 결행할 일만 남았다. 마음 한구석은 여전히 불안했다. 만에 하나 일이 잘못되면? 뒷일은 상상하기도 싫었다. 혹시라도 일이 잘못된다고 해도 첸을 믿는 수밖에. 아니, 이건 그 누구의 일도 아닌, 우리의 일이다. 우리가 해내야 하고, 우리 스스로 책임져야만 한다.

아이들이 하나둘 발길을 돌렸다. 모두 돌아가고 시형과 나만 남았다. 주안에게 가 보자고 시형이 제안했다. 나는 그러자고 해 놓고도 내키지 않았다. 혼자라도 고얼을 찾는 쪽으로 마음을 굳혔는데 시형과 함께 있기는 거북했다. 주안의 얼굴을 보는 것도 껄끄러웠다.

들판을 가로질러 갈림길에 다다랐다.

"너 혼자 가라. 난 숙소에 가서 좀 쉬려고."

"왜?"

시형의 눈을 차마 쳐다볼 수가 없었다. 피곤해서, 하고는 시선을 돌렸다. 마침 주안의 모습이 보였다. 시형도 본 듯 주안을 불렀다. 주안은 우리와 마주친 것이 달갑지 않은 표정이었다. 나는 주안에게 회의에도 안 나오고 뭐하는 거냐고 쏘아붙였다. 시형이 나를 밀어내고 주안 앞으로 바짝 다가서서 몸은 좀 괜찮으냐고 물었다. 주안은 대꾸가 없었다.

"주안이 네 심정은 충분히 이해해. 지금부터 내가 하는 말 잘 들어. 이번 일은 우리한테 다시없는 기회야. 어쩌면 마지막이 될 수도 있어."

시형이 회의 내용과 일의 진행 상황을 조목조목 설명했다. 주안은 땅만 보고 있었다. 나는 주안에게 듣고 있는 거냐고 소리쳤다. 주안은 고개도 들지 않았다. 문득 주안이 고얼의 행방을 알고 있을 거라는 느낌이 스쳐갔다.

"너, 고얼이가 어디 있는지 알고 있지?"

나를 바라보는 주안의 눈이 날카로웠다. 내가 묻는 말에는 대답하지 않고 너만 고얼일 생각하는 줄 알아? 하고 말했다. 나도 지지 않고 네가 조금이라도 고얼일 생각한다면 그렇게 하면 안 되지, 라고 했다. 시형이 나에게 그만하라고 충고한 뒤 주안의 어깨를 감쌌다.

"지금 네 몸 상태로는 합류하기 어려울 테니까 시간 맞춰서 고래배로 와. 먼저 가 있든지."

시형이 안쓰러운 눈으로 주안을 바라보며 말했다.

"난 아무 데로도 안 갈 거야."

"모두 떠나고 나면 너 혼자 어떡하려고?"

"다른 세상이나 미래 따윈 필요 없어. 여길 떠난다고 뭐가 달라질 거 같아? 우릴 환영해 줄 데가 있을 거 같냐고? 천만에. 그런 덴 없어. 우린 붉은 사막으로 가는 중이었어. 누가 우릴 팔아먹었다고. 우릴 버렸단 말이야."

"그래, 그렇다고 치자. 그렇다고 미래까지 포기하자는 거야? 지금부터 시작이야. 우릴 왜 버렸는지 누가 버렸는지 알아내야 할 거 아냐?"

나는 주안을 노려보며 말했다.

"알아내긴 뭘 알아내? 맘대로 될 거 같아? 버려져서 여기까지 왔는데 복수가 쉽냐고."

나는 욱해서 하마터면 주안에게 주먹을 날릴 뻔했다.

"이 자식이 정말? 가족들한테 돌아가야 한다고 했잖아."

"가족들? 가족들도 우리가 이렇게 되는 걸 막지 못했잖아. 봐, 이게 우리의 현실이야."

"그래, 맞아. 하지만 가족들도 어쩔 수 없는 뭔가가 있었겠지. 그러니까 모든 걸 우리가 밝혀내야 한다는 거잖아. 우리가 가는 곳이 진흙탕이라고 해도 가야 한단 말이야."

흥분한 나머지 나는 말을 더듬었다. 시형이 내 팔을 잡고 주안에게로 시선을 돌렸다.

"주안아, 우린 널 두고 갈 수 없어. 절대로. 너라면 그러겠어? 너도 모두 같이 있고 싶다고 했잖아. 같이 있기만 하면 지옥이라도 견딜 수 있다며? 모두 같은 마음이야."

시형의 말을 듣는 둥 마는 둥 하고 주안이 앞을 향해 걸어갔다. 자기를 내버려 두라고 온몸으로 말하고 있었다. 주안의 어깨에 서늘한 그림자가 드리웠다.

주안이 몇 걸음 떼다가 돌아섰다.

"양어장 근처에는 가지 마. 거기 가면 절대 못 나와. 내 말 명심해."

도희도 비슷한 말을 했었다. 첸도 거기는 아무나 갈 수 있는 데가 아니라고 암시했고. 선생님도 그곳에 대해 어떤 여지를 남긴 걸 보면 결국 구덩이의 위치는 거기라는 말이었다.

주안이 다시 걷기 시작했는데 걸음걸이가 안정되어 보였다. 조금 전의 태도만 해도 이전과는 확실히 달랐다. 내가 여태 주안을 과소평가했다는 생각마저 들었다. 고얼을 찾지 못하면 나도 여기를 떠나지 않을 것이다. 그렇게 되면 주안과 나는 각기 다른 이유로 같은 선택을 하게 되는 셈이었다.

각자의 숙소로 돌아가야 할 시간이었다. 시형이 나를 끌어안았다. 아닌 척하지만 자식도 겁나는 거겠지. 시형과 내 숨이 합해지는 순간, 가슴속에서 뜨거운 것이 북받쳐 올랐다.

어둠이 빠르게 번지고 있었다.

*

드디어 기원제의 시작을 알리는 축포가 터졌다. 어둑어둑한 빛이 하늘을 메우는 중이었다. 우리는 만반의 준비를 한 뒤 각오를 다졌다. 시형이 선두에 서고 나머지는 그 뒤를 따랐다. 박쥐 집 앞에 다다라 우리는 차례로 뒷담을 타고 들어갔다. 하필 개가 짖고 닭까지 합세해서 울어 댔다. 가슴이 쿵쾅거리고 다리가 꼬였다. 각자 정해진 위치로 흩어졌다. 시형과 나는 지하창고로 향했다.

어둠이 켜켜이 쌓여 있었다. 시형과 나는 어둠에 눈이 익숙해지기를 기다렸다가 걸음을 뗐다. 시형은 절뚝거리면서도 재빠르게 계단을 내려갔다. 나는 다리가 후들거려 벽을 짚고 조심조심 발을 옮겼다.

바닥에는 잡다한 농기구들이 어지럽게 널려 있었다. 한쪽에 수북이 쌓여 있는 곤봉들이 형광 빛을 뿜어냈다. 시형이 곤봉들을 자루에 담으며 나에게도 하나 챙기라고 눈짓했다. 그걸 손에 쥐자 두려움이 가시고 호기마저 생겼다. 시형이 가리키는 쪽을 향해 걸음을 옮겼다. 기둥 뒤쪽에 가로세로 50센티미터 정도의 정사각형 상자가 놓여 있었다. 바닥에 단단히 고정돼 있었지만 윗부분이 투명 유리로 되어 있어 안의 물건이 훤히 보였다. 전압전환박스! 시형이 준비해 온 철사를 구부려 자물통을 열었다. 상자 안에서 전압전환박스를 꺼내 배낭에 담은 뒤 나에게 건네주고는 신입들에게로 가서 주의사항을 일렀다.

왔던 길을 되돌아 바깥으로 통하는 입구를 빠져나갔다. 교차로에 친구들과 도희가 대기하고 있었다. 역시 짐작대로 시형의 뒤에 도희가 있었던 거였다. 시형이 곤봉이 든 자루를 도희에게 건넸다.

"너희들은 신입들하고 이동하는 데만 집중해. 실수 없이 하고. 만에 하나 나한테 무슨 일이 생겨도 돌아보지 말고 가. 알았지? 지금부터는 그게 우리의 규칙이야. 어기면 안 돼. 기주 너는 그 배낭 잘 챙겨. 네 위치 잘 지키고."

시형이 다짐을 받아 내려는 듯 내 눈을 뚫어져라 바라봤다. 나는 지레 켕겨 눈을 돌렸다.

각자 정해진 위치로 흩어졌다. 나는 내 자리로 가는 척하다가 마당으로 진입하는 시형을 따라갔다. 내가 위치를 이탈했을 때 혼란이 따르겠지만 어쩔 수 없었다.

마당 한가운데 지펴 놓은 화톳불로 인해 사위가 환했다. 제단의 중앙에 박쥐가, 그 아래쪽 양옆으로 악기 연주자들이 자리 잡았다. 제단을 덮은 붉은 천 위로 향과 초, 제물이 놓여 있었다. 제물을 보는 순간, 가슴이 턱 내려앉았다. 어미 양이었다.

박쥐가 잔을 높이 들자 음악이 울려 퍼졌다. 그의 추도문이 길게 이어지고 색색의 머리띠를 두른 이들이 하나둘 제단 앞으로 나아가 허리를 구부렸다. 이어 장검을 든 사람 둘이 마당 한가운데로 나와 화톳불 주변을 빙글빙글 돌기 시작했다. 북소리가 빨라지고 공중에서 바람을 맞은 칼들이 챙챙 소리를 냈다. 어느 순간 불소리가 멈추고 사람들이 차례로 엎드렸다. 원시시대를 배경으로 한 책에나 나올 법한, 기이하고 낯선 의식이었다.

시형은 미동도 하지 않고 제단을 바라봤다. 뭔가가 뒤통수를 잡아당기는 느낌이 들어 고개를 돌렸는데 선생님이 서 있었다. 나는 흠칫 놀란 반면, 선생님은 표정 하나 변하지 않았다. 네가 뭘 하려는지 알고 있다고 말하는 듯이. 그러면서도 경고나 제지를 하지 않는 이유는 뭘까. 내 행동이 일고의 가치도 없다고 여기는 건가?

"구덩이는 저쪽이야."

담 너머 숲의 서쪽 1킬로미터 떨어진 지점의 바위 옆. 의외의 장소였다. 내가 고얼을 찾고 있는 걸 아는 선생님이 구덩이의 위치를 가르쳐 주는 건 뭐지? 혹시 함정? 설마, 고얼이와 나를 상대로 그러지는 않겠지.

순간, 닭들이 소란스럽게 울었다. 시형이 임무를 완수했다는 신호였다.

마당은 순식간에 아수라장이 되었다. 박쥐가 장검을 빼든 채 눈을 부라리며 제단에서 내려왔다. 설마, 나를 본 건 아니겠지? 아니, 박쥐가 나를 향해 걸어오고 있었다. 도망쳐야 하는데 발이 땅에 달라붙은 것처럼 꼼짝할 수가 없었다. 박쥐가 점점 가까이 다가왔다. 저 칼이 내 옆구리를 쑤시고 들어오면? 나 때문에 모든 계획이 물거품이 되어 버릴 수도 있다. 이가 딱딱 부딪쳤다. 그새 시형도 보이지 않았다. 이를 악물고 구덩이 쪽을 향해 달렸다.

얼마나 달렸을까. 발소리가 끈질기게 따라왔다. 누가 쫓아오는 건가? 하필 길이 두 갈래로 갈라졌다. 어디로 가야 할지 몰라 멈춰 섰다. 등 뒤에서 여전히 어떤 형체의 움직임이 느껴졌다. 가슴이 두방망이질 쳐서 앞으로 나갈 수가 없었다. 뒤를 돌아봤다. 아무도 없었지만 등에 땀이 뱄다. 손이 허전하다 했는데 곤봉이 없었다. 그나마 배낭을 잃어버리지 않은 게 다행이었다. 등에 멨던 배낭을 가슴으로 돌려 메고 무작정 앞으로 달렸다. 얼마 못 가서 멈춰 섰 다. 차가운 손이 뒷덜미를 잡았다. 미친놈! 시형의 목소리였다.

"네가 여긴 웬일이야?"

"너야말로 지금 제정신이야?"

"고얼일 찾는 건데, 뭐 잘못됐어?"

"왜 하필 지금이야?"

"지금밖에 시간이 없잖아."

"누군 뭐 그 정도도 생각 안 해 본 줄 알아? 말도 없이 네 위치를 이탈하면 어떡해? 그 배낭 내놔."

시형이 배낭을 빼앗아 멨다.

"네가 이럴 줄 알고."

시형은 처음부터 내가 엇나갈 거라고 감 잡고 줄곧 나를 주시했 다. 전압전환박스를 가지고 있으면 책임감 때문에라도 한 번은 더 생각하겠지 싶어 일부러 나에게 그걸 맡겼다. 그래도 마음이 놓이 지 않아 마당을 교란시킨 뒤 내 뒤를 밟았다. 누군가 나를 뒤쫓고 있는 걸 봤고, 내가 떨어뜨린 곤봉으로 그를 위협해 따돌렸다.

차마 얼굴을 들 수가 없었지만 친구들이 일을 잘 해냈는지 궁금해서 물었다. 나 때문에 혼선이 있긴 했지만 고비는 넘겼다고 했다. 지금쯤 모두 고래배에 도착했을 시간이었다. 그런데 문제는 붉은 사막인들이 왔다는 거였다.

그들이 왔다면 조금 전과는 또 다른 상황이고 그만큼 더 큰 위험이 따른다는 거겠지. 그래도 고얼을 포기할 수는 없었다. 네가 고얼을 포기하지 않을 것 같아서. 도희의 말은 고얼을 포기하지 말라는 뜻이었다. 순간, 도희가 준 주머니가 없어졌다는 걸 깨달았다. 비록 고얼에게는 소용이 없다고 해도 잃어버려서는 안 되는 거였는데.

"기주야, 그만 돌아가자."

"기왕 이렇게 된 거 구덩이에 가 보자."

"구덩인 한두 개가 아니야."

"선생님이 위치를 가르쳐 주셨어. 설마 선생님이 우릴 해치기야 하시겠냐?"

"헛소리하지 말고 지금은 내 말 들어. 네가 이러면 모두 위험해진단 말이야."

"고얼일 못 찾으면 난 안 떠날 거야."

"보자보자 하니까 이 자식이 정말?"

"넌 친구라는 애가 그 정도밖에 안 되냐?"

"난 너까지 잃긴 싫어. 포기하는 것도 용기야. 알아?"

눈시울이 뜨거워지고 가슴이 뻐근했다. 그래도 물러설 수는 없었다. 어차피 우리는 모험을 시작했고, 그건 모두를 위한 것이어야 할 테니까.

"뭘 포기하느냐가 문제지. 고얼일 포기할 순 없어."

"미치겠네, 정말."

나는 앞을 향해 달렸다. 시형이 뒤따라와서 내 목덜미를 잡았다.

"무애는, 무애는 어떡할 건데?"

"첸을 믿어야지. 곧 돌아올 거야."

"그래, 돌아와서 말이야. 돌아와서 널 두고 떠나려고 할까? 너 같으면 그러겠어? 무애도 안 간다고 하면 나머지 애들은 떠날 수 있을 거 같냐고?"

"네가 무애를 설득해서 떠나. 난 고얼이랑 같이 갈 테니까. 고얼인 뭐든지 해낼 거야. 너도 고얼일 믿잖아."

"그게 말이 되는 소리냐? 고얼이가 넌 약해 빠져서 걱정이라고 하더니, 이제 보니까 정말 구제불능이네."

"뭐?"

"몰랐냐? 그 자식한테는 너밖에 없었어. 질투가 날 정도로."

이번에는 목울대가 뜨거웠다. 순간, 폭발음이 울리고 아우성이 이어졌다. 시형이 손을 들어 한 지점을 가리켰다. 불길이 치솟고 있었다. 박쥐 집 쪽이었다.

"기주야, 따라와. 빨리. 기주야!"

시형이 나를 부르는 소리가 들렸지만 무시하고 구덩이를 향해 달렸다. 내 마음속의 무애도 나를 응원했다. 정말이지 고얼과 함께 무애 앞에 서고 싶었다. 그러기 위해서는 구덩이를 찾아야 한다.

간신히 구덩이를 찾았을 때 누군가가 나를 쫓고 있다는 걸 깨달 았다. 곧이어 어떤 손에 꼼짝없이 붙들렸다. 그 손이 내 입을 틀어 막았다. 이어 묵직한 것이 뒤통수를 내리쳤다

*

머리가 지끈거리고 뺨이 얼얼했다. 예리한 것에 찔린 듯 손바닥 에 통증이 왔다. 아니, 온몸이 욱신거렸다. 악취가 코를 찌르고 목 이 바짝바짝 탔다. 물 한 모금만 마실 수 있다면. 물은커녕 쥐 한 마리가 찍찍거리며 눈동자를 굴렸다. 나는 놈을 으르며 힘껏 손을 내리쳤다. 놈은 감쪽같이 사라졌지만 무력감이 찾아왔다.

대체 여기는 어디일까. 내가 왜 여기에 있는 거지?

벽을 더듬어도 출구는 보이지 않았다. 순간, 희끄무레한 물체가 눈에 들어왔다. 돌무더기 혹은 두엄더미로도 보였다. 몸을 조금씩 이동했다. 물체가 꿈틀하는 순간, 소름이 끼쳤다. 뭐든 살아 있는 것과 마주치고 싶지 않았다. 아니, 누가 옆에 있기만 해도 좋을 것 같았다. 두려움이 엄습했다. 순간, 내 눈을 의심했다. 고얼이 눈앞

에 있었다. 산발한 머리에 눈은 퀭했다. 반점은 이제 팔과 다리에까지 번져 있었다. 무엇보다 얼굴에 검은 그림자가 드리웠다.

"머저리 같은 놈. 여길 오다니."

고얼은 목이 쉰 데다 말마디가 툭툭 부러졌다. 고얼이 나를 알아본 것만으로도 가슴이 벌렁거렸다.

"뭐 나쁘진 않은데. 너랑 있으니까. 근데 여긴 어디야?"

"구덩이. 아직도 상황 판단이 안 되냐?"

둔중한 것이 머리를 강타한 것까지는 기억나는데 그 뒤로는 감감했다. 어젯밤에 내가 여기로 떨어진 뒤 바로 기절했다고 고얼이 말해 주었다. 구덩이가 언제 흙으로 덮일지 모르니까 하늘을 실컷 봐 두라고. 고얼의 말대로 될 수도 있겠다 싶으니 아찔했다.

"어떻게든 이 구덩이에서 빠져나가야 돼."

그렇게 말함으로써 한 줄기 희망이라도 붙잡고 싶었다.

"다 글렀어. 누군가가 날 밀고했어. 우리 중 누군가야."

고얼이 여자 신입을 찾으러 양어장 근처까지 잠입했을 때, 박쥐가 기다렸다는 듯 서 있었다. 적은 내부에 있는 거다.

우리 중 누구라는 말인가. 혹시 주안이? 아니, 주안이 그럴 리 없다. 하지만 우연이라고 하기에는 너무 절묘했다. 설령 주안이 그랬다고 해도 오해가 있었거나 박쥐의 위협을 견디지 못했거나 둘 중 하나겠지. 아니면 그게 고얼을 살리는 길이라고 생각했는지도 모른다.

"이 구덩이는 내가 팠어. 젠장!"

"뭐 자기 무덤은 자기가 파는 거니까."

우리는 마주보며 맥없이 헛웃음을 날렸다.

"야, 저거!"

며칠 굶으면 보이는 게 없을 거라며 먹어 두라고 했다. 아기 양이었다.

미친놈! 고얼의 멱살을 잡았다가 놓고 아기 양 쪽으로 다가갔다. 구더기가 들끓는다고, 안 보는 게 낫다며 고얼이 굳이 나를 밀쳐 냈다. 고얼로부터 떨어져 누웠다. 고얼이 금세 시르죽은 표정으로 고개를 떨어뜨렸다. 어느 결에 분노는 사라지고 연민이 일었다.

"몸을 그렇게 만들다니. 넌 네 몸한테 사죄해야 돼."

"아직 피똥 쌀 정도는 아냐."

고얼의 기력은 소진됐지만 의식은 어느 때보다 명징해 보였다. 나는 반점에 대해 첸에게 들은 대로 말해 주었다. 보라색 피부가 붉은 사막으로 가는 표식이며, 반점은 일종의 부작용으로 몸의 면역력이 떨어져서 생긴 거라고. 고얼은 이미 짐작하고 있었던 듯 무덤덤한 표정이었다.

"구덩이에서 나가기만 하면 회복할 방법을 찾을 수 있을 거야."

"내 몸은 누구보다 내가 잘 알아."

좋아질 거라고 해도 고얼은 들은 척도 하지 않고, 벽에 파인 홈을 가리켰다. 구덩이에 떨어진 뒤로 줄곧 그걸 파왔다고. 고얼이 내 앞으로 등을 구부렸다. 나더러 자기 등을 밟고 서서 홈을 더 파라고 했다.

실낱같은 기대를 갖고 고얼이 파 놓은 홈에 발가락을 디뎌 봤지만 곧 미끄러지고 말았다. 몇 번을 반복해도 마찬가지였다.

"구덩일 왜 이렇게 깊이 판 거야? 어떻게 올라가려고?"

"계속 파라고 해서 팠지. 내가 팔 때는 사다리가 있었어. 그래서 흙도 퍼서 올렸고. 근데 내가 힘들어서 잠깐 쓰러졌는데 그사이에 사다리를 치워 버렸더라. 삽이랑 곡괭이까지 손에 잡히는 건 싹다. 벽면에 기름칠까지 해 놓고."

"올라가지 못하게 기름칠을 했다는 거네. 근데 아무리 미운 털이 박혔어도 그렇지, 왜 하필 구덩이에 가둔 거지? 흙으로 덮어 버릴 것도 아니면서."

"천국이 보이는 지옥이 가장 무서운 지옥이라잖아. 그걸 맛봐라, 뭐 그런 거겠지."

고얼의 눈이 허공에 걸렸다. 더 이상 구덩이에 대해 말하는 건 무의미했다.

"그동안 잘못한 거 사과할게."

"사과? 그런 건 개나 줘."

나는 진심이라고 간곡히 말했다. 고얼은 내 말은 귓등으로도 안 듣고 일어섰다. 이어서 가슴을 활짝 펴고 팔을 아래로 내렸다. 또 바벨을 들어 올리듯이 팔을 들었다가 내리기를 반복했다. 친구들에게 이따금 보여 주었던 동작이었다. 그때 모두가 감탄했다. 고얼은 운동을 즐겼다. 농구면 농구, 축구면 축구, 수영이면 수영, 못하는 게 없었다. 3점 슛을 연속해서 쏘는가 하면, 현란한 드리블로 골대 앞을 향해 종횡무진 나아갔다. 결정적인 순간에 골키퍼를 제치고 골을 넣었다. 그럴 때마다 속으로 저런 미친놈이 다 있나 했다.

"근육을 만들려면 이 정도는 해 줘야지. 너도 따라 해 봐."

이번에는 평행봉을 잡는 포즈였다.

"체력을 아껴야지. 지금 그런 거나 할 때야?"

"개소리하지 말고 따라 하라니까. 가슴을 좌우로 펴. 팔꿈치는 몸통에 고정시키고…. 등 운동은 뭐니 뭐니 해도 날개 뼈가 모이는 게 핵심이야…."

그만하라고 해도 고얼은 아랑곳하지 않았다. 파리 두 마리가 아기 양 주변을 맴돌며 윙윙거릴 뿐, 사위는 적막에 휩싸였다. 곧이어 고얼이 신음을 내뱉었다.

어둠이 길게 머리를 늘어뜨렸다. 기나긴 하루가 지나가고 있었다. 눈꺼풀이 무거워지는 걸 느끼며 벽에 등을 기대었다.

몸이 한쪽으로 기울었다가 반대쪽으로 쏠리기를 반복한다. 아무도 보이지 않는다. 누군가 손바닥으로 유리벽을 친다. 고얼! 어디에도 빠져나갈 구멍은 없다. 여기야, 여기. 어느새 고얼이 내 옆에 와 있다. 내 손을 잡고 뒤쪽으로 나를 이끈다. 사다리 앞에서 멈춰 선다.

올라가. 네가 먼저 올라가. 나는 고얼의 등을 떠민다. 위에서 뭔가가 고얼의 팔로 떨어진다. 고얼이 더 이상 올라가지 못한다. 나는 고얼을 밀어 올린다. 순간, 내 몸이 바닥으로 곤두박질친다. 이어 고얼이 내 몸 위로 떨어진다. 괜찮아? 응. 정말 괜찮아? 나는 괜찮지 않다. 꼼짝도 할 수 없다. 하지만 괜찮다고 말한다. 정말 괜찮아? 괜찮대도. 얼마나 지났을까. 바다는 사방으로 경계도 없이 펼쳐져 있다. 어둠이 깊어지면서 파도가 잔잔해진다.

전에는 어렴풋하기만 했는데 이제 분명해졌다. 가라앉는 배에서 빠져나올 때의 상황이었다.

"난 바다로 갈 거야…."

인어를 만나 사랑을 나눌 거라나. 고얼이 농담을 채 맺지도 못하고 마른기침을 했다. 나도 목 안이 타들어 갔다.

"여기서 나가야 바다로 가든 산으로 가든 할 거 아냐?"

"라온의 모든 길은 바다로 통해."

나는 대꾸하지 않고 아예 돌아누웠다.

얼마나 지났을까. 얼굴 위로 뭔가가 뚝뚝 떨어졌다. 고얼이 오줌을 내갈기고 있었다. 아니, 지리는 수준이었다.

"먹어. 죽지 않으려면."

극심한 갈증이 내 안의 동물성을 자극했다. 고얼의 얼굴에 주먹이라도 날리고 싶었다. 순간, 고얼이 옆으로 픽 쓰러졌다. 빌어먹을! 육체란 무엇일까. 시시각각 덮쳐 오는 절망만이 눈앞의 현실이었다.

머릿속에서 뭔가가 터지고 강렬한 빛이 내 몸을 관통하는 느낌이었다. 익숙한 뭔가가 스쳐 가고, 드디어 과거에 살았던 곳이 떠올랐다.

높은 건물들이 늘어서 있고 자동차들이 씽씽 달렸다. 그곳에서 조금만 벗어나면 포구가 나왔다. 안개주의보가 내리고 비가 쏟아지면 나는 포구로 달려갔다. 딱히 이유는 없었다. 그저 그런 날씨와 포구의 분위기가 좋았다. 무엇보다 달리는 게 좋았다. 달리다 보면 숨이 차서 더 이상 달릴 수 없을 때가 있는데 그 순간 가슴이 뻐근한 희열을 느꼈다.

구덩이를 빠져나가 해안가든 들판이든, 또 어떤 곳이든 미친 듯이 달리고 싶었다.

거짓말처럼 비가 들이쳤다. 잠깐 사이에 흙냄새가 훅 피어올랐다. 손가락 사이로 흘러내리는 빗물을 움켜쥐었다. 허겁지겁 손바닥을 핥다가 고개를 들었다. 고얼과 눈이 마주쳤다. 고얼의 눈동자에 내가 들어 있었다. 빗물을 손에 받아 고얼의 입안에 떨어뜨려 주었다. 고얼이 겨우 삼키고는 마로를 들먹였다. 마로의 춤은 혼을 뒤흔들어 놓을 만큼 멋있었다고. 마로와 춤을 추며 어울린 이유로 마주 보는 독방에 갇혔을 때의 이야기를 시작했다.

"그 자식 말이야."

마로는 감독관의 비위를 거스르는 행동으로 일관했다. 고얼이 말려도 그치지 않았다. 나중에는 얼간이처럼 몸을 비틀고 짐승처럼 울부짖었다. 고얼은 마로가 괴물이 되어 버린 줄 알았다. 감독관이 마로는 거기에 남게 하고 고얼은 돌려보냈다. 고얼이 방을 나설 때까지 등을 보이고 있던 마로가 마지막 순간에 고얼을 불렀다. 철사로 손바닥에 새겨 놓은 글을 보여 주었다. 구조물을 찾아가서 애들을 데려와. 그제야 비로소 고얼은 마로가 일부러 얼간이 짓을 했다는 걸 알 수 있었다.

"마로가 왜?"

"둘 중 하나는 돌아가야 한다고 생각한 거지. 나를 보낸 거야. 그 것도 모르고 난…."

고얼이 자책했다. 나는 마로의 마음이니 어쩌겠냐고 위로했다. 고얼의 눈이 젖어 들었다. 나는 독방 옆 보관소에 우리의 과거가 기록돼 있는 책자가 있었는데 이미 붉은 사막에서 챙겨 갔다고 말했다. 고얼은 그건 어차피 우리를 유인하는 덫에 불과한 거였다고 했다. 그걸 찾으러 가지 않은 게 다행이라고.

"조금만 기다려. 친구들이 올 거야."

"여긴 나랑 박쥐만 알아."

고얼이 심드렁하게 말했다.

"선생님이 위치를 알려 주셨어."

"그래? 내가 심심할까 봐 놀아 주라고 그러셨군."

"지금 농담이 나오냐? 선생님은 다 아시면서 우리한테 아무것도 말해 주시지 않았단 말이야."

"한심한 놈. 그렇게 생각이 짧아서 뭘 하겠다고."

"선생님은 우리를 이 섬에 계속 붙잡아 놓으려고 하신다니까."

"당연하지. 우린 이 섬에 있어야 하니까. 이 구덩이에서 나가면 선생님부터 찾아가. 선생님 말씀을 들어."

고얼은 단호했다.

"처음부터 이 섬을 탈출하려고 한 건 너잖아."

"처음엔 그랬지. 하지만 지금은 아냐. 지금 가는 건 도망치는 거나 다름없어."

"도망이라도 쳐야지. 더 이상 여기 있을 순 없어. 한시라도 빨리 여길 벗어나야 해."

"아니, 지금 가면 안 돼. 조금만 더 버텨. 더 많은 걸 기억해 내서 누가 우리를 이렇게 만들었는지 알아내야지. 그러기 전에 떠나는 건 무의미해. 위험하고. 기억을 되찾으면 길이 보일 거야. 우리가 떠나온 곳이 어딘지, 우리 가족이 어디에 있는지 알아낼 수 있을 거야."

"여기에 더 있다가는 붉은 사막으로 가게 될 게 뻔한데. 그러면 우린 끝이라는 거 너도 알고 있잖아."

"아니, 붉은 사막으로 가지 않아야지. 그래서 여기에 조금 더 있으라는 거야. 지금 여길 나갔다가는 바로 붙잡힌다니까. 그땐 진짜

끝이야."

전에도 탈출을 시도한 아이들이 있었는데 다 붙잡혔다. 이 근처의 섬들은 붉은 사막인들이 장악하고 있다. 그들을 피해 가려면 더 철저한 계획이 필요했다. 고얼이 잠깐 숨을 고르고 계속했다. 기억을 완전히 되찾으면 그자들도 우리를 더 이상 어떻게 하지 못할 거다. 우린 엄청난 힘을 갖게 될 것이고 그 힘은 상상 이상일 테니까. 그때가 되면 우리는 가족들 곁으로 돌아갈 수 있다. 그러기 전에 여길 나가면 영영 미아가 될 수도 있다는 걸 강조했다.

나는 상황이 매우 급박하다는 것과 첸의 동지들이 있는 섬에 대해 말했다. 고얼은 당분간 거기에 가 있는 것도 하나의 방법이지만, 기왕이면 여기에 남아서 부딪치는 게 낫다고 했다. 우리 스스로 힘을 길러야 하니까. 아지트 옆 비밀장소에 폭발물이 있으니까 필요할 때 무기로 쓰라고 일러 주었다.

"친구들 말이야, 벌써 떠났을지도 몰라."

"그럼, 넌 왜 여길 온 거냐?"

"너라면 날 두고 갔겠냐?"

"한심한 놈! 당장 내 눈앞에서 꺼져. 빨리 여길 나가라고. 홈을 파란 말이야."

"나 혼자는 안 나가. 너랑 같이 나갈 거야. 뭐든 너랑 같이할 거라고."

"내 꼴을 보고도 모르겠어?"

"넌 아직도 건재해. 정신력도 강하고. 뭐든 할 수 있어. 넌 고얼이잖아."

고얼은 앉아 있는 것도 힘이 부치는지 몸을 한쪽으로 기울였다. 나는 고얼이 기대도록 어깨를 내밀었다.

"마로가 봤다는 구조물에 너도 가 봤지? 그게 우리가 타고 온 배라는 거 알고 있었지? 다이빙 하자고 했을 때 말이야, 그 배에 가보려고 했던 거지? 애들한테 수영 연습을 하라고 한 것도 그래서 그랬던 거지?"

대답은커녕 고얼이 옆으로 쓰러졌다. 몸이 가벼워져서인지 움직임도 미미했다.

한참이 지나서야 다시 몸을 세운 고얼이 입을 떼었다.

바닷가에서 태어나고 자라서인지 고얼은 바다가 좋았다. 깊이 들어갈수록 바다는 신비로웠다. 무엇보다 바다가 마음 깊은 곳을 자극했다. 기회 있을 때마다 잠수를 했는데 몸이 그걸 기억하고 있었던 듯 라온에 와서도 바다가 부르는 걸 느꼈다. 틈만 나면 바다를 헤엄쳐 다녔다. 점점 깊이, 멀리 나아갔다. 그러던 어느 날 커다란 배를 발견했고, 며칠 배 주변을 빙빙 돌다가 입구를 찾아냈다.

배 안에는 빛 한 점 들어오지 않았다. 헤드랜턴도 도움이 안 되었다. 문 안으로 들어서면 번번이 벽이 가로막았다. 또 잔해에 몸이 깔리기 일쑤였다. 군데군데 유리창들이 표지판이 되어 주었다. 커다란 방들과 복도가 이어졌다. 층층이 계단과 창고, 밖으로 통하는 통로가 있었다. 곳곳에서 우리가 머물렀던 흔적들을 봤다. 배낭과 운동화, 후드티셔츠, 휴대전화…. 무엇보다 매복한 어둠을 만났다. 어느 순간, 배가 가라앉았을 때의 기억이 되살아났다.

"기억이 났으면 났다고 말을 했어야지 왜 안 했어?"

"알게 되면 모두 힘들어 할 테니까."

"힘들어도 같이 힘들면 낫잖아."

"아니. 모두가 그러면 수습이 안 됐을 거야."

기억이 되살아나면서 고얼은 고통스러웠다. 혼자 견디다가 비교적 강단 있는 친구들 몇 명과 함께 탈출 계획을 세웠다. 또 마로와의 약속을 지키기 위해 그 배 주변을 맴돌았다. 마로가 본 아이 말고도 다른 아이를 발견했다. 어떻게든 그 아이들을 데려올 궁리를 하고 있었다.

역시 고얼이라는 생각이 들었다.

"근데 얼마 전에 그 근처에서 또 한 척의 배가 가라앉아 있는 걸 봤어. 고기잡이배는 아닌데 우리가 타고 온 배와는 비교할 수 없이 작은 배야."

이쪽으로 들어오는 배마다 가라앉는다는 건 말이 안 되었다. 우리를 통해 이익을 보려고 했던 박쥐가 무슨 일을 했을지는 불 보듯 뻔했다.

"웃기지 마. 네가 그렇게 말한다고 내가 모를 줄 알아? 이번엔 박쥐가 일부러 배를 침몰시킨 거지? 신입들을 팔아넘기려고."

"역시 머리 하난 잘 돌아간단 말이야."

"그동안 들어온 신입들, 네가 뗏목에 실어온 거지? 박쥐가 너한 테 그걸 시킨 거지?"

고얼은 그걸 부인하지 않음으로써 그것이 사실임을 인정했다.

"시킨다고 그 엄청난 일을 혼자 하냐? 미친 거 아냐? 그러다가 사고라도 당했으면 어쩔 뻔했어?"

고얼은 내 말은 들은 척도 하지 않고 본론을 꺼냈다. 거대한 배 안의 아이들을 데려오려면 주의해야 할 것이 많다고. 고얼의 눈에 서 빛이 뿜어져 나왔다.

"배 안을 샅샅이 뒤져서 거기 있는 아이들을 모두 찾아내야 돼. 알았지?"

과연 그게 가능할까.

"물의 흐름이 정지되는 시간에 해야 돼. 해류의 급변이나 수중 생물의 습격에 대비해서 안전장비도 꼭 챙기고. 더 중요한 건 몸의 모든 감각을 동원하는 거야."

"백 번을 말해도 너랑 같이 안 하면 못 해."

우리의 대화는 공허한 울림에 지나지 않았다. 구덩이를 빠져나 가야 하는데 그 어떤 시도도 하지 못했다.

"친구들을 다시 볼 수 없는 게 안타깝지만, 너한테 이 말을 전할 수 있어서 다행이야."

"…"

"우리한테 무슨 일이 있었는지 세상에 알려. 꼭 그래야 돼. 알았지? 기주 네가 해. 네가 중심이 돼서."

"난 못 해. 못 한다니까. 내가 어떤 앤지 잘 알잖아?"

"기주야, 할 수 있어. 넌 겉보기엔 약해 보이지만 누구보다 강한 애야. 나 대신 네가 해 줘. 꼭!"

고얼의 목소리가 잦아들었다. 고얼은 이 세계로부터 달아나려고 온 힘을 쏟아붓고 있는 것처럼 보였다. 고얼을 위해 내가 뭘 할 수 있을까. 기어이 고얼의 고개가 아래로 떨어지고 눈이 감겼다. 잠들면 끝이야. 눈을 떠. 눈을 뜨라고! 소리치면서 고얼의 눈꺼풀을 억지로 벌렸다. 고얼이 미간을 찡그리며 웃었다. 나도 따라 웃었다. 고얼이 미소를 지었다면, 나는 소리 내어 웃었다는 게 다를 뿐이었다. 웃는 것밖에는 달리 할 수 있는 게 없어서 계속 웃었다. 점점 더 큰소리를 내어 웃어 댔다. 이내 고얼의 얼굴에서 웃음이 사라졌다. 숨소리마저 잦아들었다. 나는 위쪽에 대고 친구들의 이름을 소리쳐 불렀다. 메아리만 돌아왔다.

친구들은 왜 안 오는 거지? 벌써 떠나 버린 걸까? 이제 고얼과 나는 어떻게 되는 거지? 어떻게 되든 이건 내가 선택한 일이었다. 다시 그때로 돌아간다고 해도 나는 같은 선택을 할 것이다. 이렇게라도 고얼의 곁에 있으니 만족해야지. 무애가 무사히 돌아와 친구들과 합류했기를 바랄 뿐이었다.

이제 고얼은 눈을 뜨지도 못했다. 그럴 의지마저 없어 보였다.

나도 눈꺼풀이 떨리고 손발이 저렸다. 더 이상 무슨 희망을 가질 수 있을까. 구덩이 속의 어둠 앞에서는 그 어떤 것도 공허에 지나지 않았다.

"옛날로 돌아가서 딱 한 달만 살다 왔으면 좋겠다. 일주일만이라도."

고얼이 겨우 말했다. 나는 딱 하루만이라도 그러고 싶었다. 순간, 위쪽에서 무슨 소리가 들렸다. 친구들이기를 바라면서도 확신이 서지 않았다.

드디어 밧줄이 내려왔다. '기주야, 시형인데 거기 있으면 밧줄을 잡아당겨.' 메모를 보는 순간, 가슴이 찌릿했다. 곧이어 위에서 밧줄을 당기는 움직임이 일어났다. 고얼의 손에 밧줄을 쥐어 주었다.

"잡아, 꼭 잡고 발로 홈을 찍으면서 올라가."

고얼은 올라갈 생각이 없는 듯했다. 나는 고얼을 밀어 올렸다. 하지만 고얼은 밀어 올리면 다시 바닥으로 떨어지고 마는 바위처럼 미끄러지기를 반복했다. 우리는 말을 하는 대신 한참 서로를 노려봤다.

"샌님처럼 생긴 데다 제 앞가림도 못하는 주제에 어려울 땐 꼭 나부터 챙기더라?"

내 기억으로는 늘 그 반대였다.

"내가 언제?"

"배에서 빠져나올 때도 나 먼저 올라가라고 고집을 부리더니.

나 때문에 네 갈비뼈도 부러졌잖아."

"그랬나? 그거야 네가 올라가서 나를 끌어올려 줄 거라고 믿었으니까. 그건 그거고 이번엔 제대로 챙겼단 소릴 듣게 올라가. 제발!"

이번에는 고얼의 허리에 밧줄을 묶었다. 고얼이 거친 숨을 내뱉었다. 조금 올라가다가 이내 밧줄이 풀리고 고얼이 툭 떨어졌다. 내 의지마저도 흔들렸다.

"봤잖아. 영영 일어나지 못하는 꼴을 보고 싶은 거냐?"

"이제 아주 못하는 말이 없구나."

"너란 놈이 친구라는 게 끔찍해. 우린 여기서 만나지 말았어야 했어."

"나야말로 네 놈이 넌덜머리가 나."

"갔다가 다시 오면 되잖아. 두레박을 가져와. 드럼통만 한 걸로."

밧줄의 움직임이 계속되었다. 시형이 빨리 올라오라고 소리쳤다. 더 이상 지체할 수가 없었다. 나는 고얼이 내미는 밧줄을 잡았다. 고얼이 내 눈을 뚫어져라 바라봤다.

"기주야."

만약 우리가 다시 못 보게 되면, 하고는 말을 맺지 못했다. 나는 못 보긴 왜 못 보냐고 소리쳤다.

"하늘을 봐. 달!"

"달은 왜?"

"난 달이 될 거니까."

"왜 호밀밭의 파수꾼이 되시지. 온종일 절벽으로 떨어지는 애들을 붙잡아 주시고."

"바로 그거야. 사랑에 빠져서 허우적대는 놈들을 지켜 주려고. 너랑 무애랑 키스할 때 분위기 끝내주게 잡아 줄게."

"미친놈!"

"키스할 땐 말이야, 꼭 눈을 감아야 돼. 그래야 집중이 잘되거든. 알았지?"

"됐으니까 닥쳐!"

"그날만은 특별히 슈퍼문이 돼 줄게. 너는 세상에서 가장 아름답고 큰 달을 보게 될 거야."

"그래, 나도 그런 달을 보고 싶어. 하지만 너같이 더러운 달은 싫어."

고통의 절정에 놓이면 뜻밖에도 웃음이 나오는 걸까. 웃음이 나왔다. 누구보다 밝은 눈과 뜨거운 가슴을 가진 고얼이었다. 밧줄이 위로 올라갔다. 고얼과 점점 멀어지고 있었다. 나는 금방 올 테니까 조금만 기다리라고 말하는 대신 고독이나 실컷 씹으라고 했다. 고독이라 그거 좋지. 고얼이 웃으며 말했다. 더 이상 고얼을 바라볼 수가 없었다. 머릿속이 부예지고 온몸에 힘이 빠졌다. 과연 구덩이 밖으로 나갈 수 있을까.

7

몸이 왜 이렇게 가벼운가. 걷고 있는데 날고 있는 느낌이다. 햇살이 어깨를 토닥여 주었다. 데이지 꽃이 활짝 핀 언덕을 지나 산등성이에 올랐다. 나무들 사이를 빠져나온 바람이 몸속으로 스며들었다. 노랑부리새가 머리 위를 빙빙 돌았다. 늘 나처럼 길을 잃고 헤맨다고 생각했는데, 이번에는 길 잃은 나를 인도해 주었다.

멀리, 바다는 내가 걷는 속도보다 더 빠르게 밝아 왔다. 물결치는 소리가 들려오고 바다 한가운데서 뭔가가 꿈틀거렸다. 붉은 기운이 만발한 꽃처럼 퍼졌다. 떠오르는 해에 익숙해졌을 즈음 누군가가 모습을 드러냈다. 물에 젖은 머리가 찰랑거리고 주근깨들이 톡톡 빛을 내뿜었다. 무애! 눈을 비비고 봐도 무애가 틀림없었다. 무애가 나를 향해 양팔을 펼쳤다. 무애에게 몸을 맡겼다. 찰랑찰랑 몸에 닿는 물결, 이내 몸이 물결이 되어 흘러갔다. 내 몸에서 내가 빠져나가고 또 하나의 내가 나에게로 들어오는 느낌, 기이한 힘이

의식을 일깨웠다. 어둠 속에서 서서히 뻗어 오르는 빛의 중심을 향해 손을 뻗었다.

"기주야, 정신이 들어?"

시형의 목소리. 얼굴은 흐릿하고, 몸은 형태의 잔상만 보였다. 나에게 무슨 일이 있었던 걸까. 뭔가가 기억날 것 같다가도 금세 사라졌다. 아득한 시간의 바깥, 침침한 공간 속의 얼굴이 선명하게 떠올랐다. 고얼!

고얼이 구덩이에 있다고 말하고 싶은데 입안에서만 빙빙 돌았다. 다시 고얼의 이름을 발음하기 위해 목에 힘을 주고 혀를 말아 올렸다. 목이 따가울 뿐 여전히 말이 입 밖으로 나가지 않았다. 시형이 젖은 거즈로 입술을 적셔 주었다.

"기주야, 기주야. 내 말이 들리면 눈을 떠 봐."

가까스로 눈을 떴다. 고얼이 구덩이에 있다고 말하고 싶은데 입안에서 공기만 빠져나갔다. 다시 시도해도 의미 없는 단절음만 중얼거리는 꼴이었다. 그러는 동안에도 시간은 흘렀다. 이번에는 손가락을 움직여 봤다.

"기주야, 무애가 무사히 돌아왔어. 조금 전까지 네 옆에 있다가 고래배로 먼저 갔어."

굳게 닫혀 있던 문이 열리는 걸 보는 기분이었다. 고얼을 구해야 하는데. 고얼. 입에서 간신히 단어가 빠져나갔다. 시형이 내 말을 알아들었다. 고얼인 어딨어? 기주야 말해 봐. 눈을 깜박거리고 입술을 움직였다. 구덩이. 가까스로 말했건만 시형이 알아듣지 못했다. 다시 입 모양과 손짓을 동원했다. 구덩이. 몇 번이나 시행착오를 겪은 뒤에야 시형이 겨우 알아들었다. 고얼이가 구덩이에 있는 거야? 나는 고개를 끄덕였다.

시형과 나는 기대와 두려움을 안은 채 구덩이로 향했다. 시형에게 주안의 안부를 물었는데 여전히 내 발음은 어눌했다. 시형은 대답이 없었다. 못 알아들은 건가? 아니면, 주안에게 무슨 일이 있는 걸까? 주안이 박쥐에게 고얼을 밀고한 걸 알고 친구들이 주안에게 응징을 가했는지도 모른다. 혹시 주안이 위험에 빠진 건가? 쓸데없는 상상은 하지 말아야지. 그런데 불길한 이 느낌은 뭐지?

"네가 기뻐할 일이 있어."

주안이 여자 신입을 첸에게 데려다주었다.

주안이 그 일을 했다는 게 기뻤다. 나는 주안은 잘 있냐고, 이번에는 좀 더 정확한 발음으로 물었다. 시형은 여전히 대답하지 않고 내 눈을 피했다. 일부러 못 들은 척하는 건 아니겠지? 아니, 내 짐작이 맞는 걸까?

시형이 계속했다.

여자 신입의 혀가 아물어서 더듬거리나마 말을 할 수 있게 되었다. 그녀는 아들을 찾아 여기까지 왔다.

그녀의 아들은 누구일까. 우리 중 누구라면 시형이 말했을 텐데. 벌써 붉은 사막으로 갔을까? 그러지 않았어야 하는데. 혹시 가라앉은 배에 있는 아이들 중에 있는 걸까?

이윽고 구덩이 앞이었다. 시형이 바위에 밧줄을 묶은 뒤 구덩이로 내려갔다.

고얼은 무사할까? 그새 무슨 일이 생겼다면? 아니라고 믿고 싶었다.

한참이 지나서야 구덩이에서 올라온 시형의 표정이 어두웠다.

"고얼인 없어. 구덩이에 바다로 통하는 물길이 있었어."

그래, 이 섬 어디든 바다로 가는 물길이 열려 있지. 구덩이에서 아기 양 쪽으로 가려고 하는 나를 밀쳐내는 고얼의 몸짓이 과하다 싶었다. 그때 알아차렸어야 했는데. 고얼은 자기 몸 상태를 알고 있었고, 자기의 마지막까지 계획한 거였다.

"걘 바다를 좋아하잖아. 인어를 만나서 사랑을 나누겠지."

"기주, 너 어떻게 그런 말을 해? 여태 같이 있었다면서. 고얼이가 널 얼마나 생각했는데."

그래서 말할 수 있었다. 고얼의 선택을 존중해야 하니까. 첸의 말대로 삶이든 죽음이든 선택은 결국 자신에게 도달하기 위한 여정인지도 모른다.

"고얼이가 한 선택이야. 존중해 주자."

기어이 시형이 헉, 하고 눈물을 쏟아 냈다. 내 눈에도 눈물이 차올랐다.

"기주야. 너무 놀라지 마라."

주안이 박쥐 집에 불을 냈다. 친구들에게 시간을 벌어 주려고 그런 거겠지. 그럼 주안은 어떻게 된 걸까. 궁금해 하는 나를 빤히 쳐다보며 시형이 그 자식은, 하고는 말을 잇지 못했다. 시형의 표정만으로도 입에서 나올 말이 짐작되었다.

"거기서 빠져나오지 못했어."

화염의 잔재 속에서 첸이 주안을 찾아냈다. 얼굴을 알아볼 수도 없을 지경이었다.

자괴감이 밀려왔다. 주안은 착하다는 게 어떤 것인지 온몸으로 보여 주었다. 누구나 무의식 속에서 선을 추구한다고 해도 주안만큼은 아니었다. 나는 주안의 그런 점을 존중하고 주안을 아꼈다. 하지만 편하다는 이유로 아무렇게나 대했다. 이제 용서를 구할 수도 없게 되었다. 아니, 무엇보다 주안이 보고 싶었다.

놀랄 일은 또 있었다. 선생님이 주안을 찾아 나섰다가 눈 주변에 화상을 입었다. 이번에는 오른쪽 눈이었다. 시력을 잃지는 않았으니 그나마 다행이라고 해야 하나.

"결국 그러실 거면서 그동안 왜 그러셨대?"

"어떻게든 조금 더 우리를 이 섬에 머물게 하려고. 그런데 무애까지 그렇게 되니까 첸을 찾아가셨대."

비로소 선생님을 잃지 않았다는 기쁨이 가슴에 차올랐다. 박쥐는 어떻게 됐는지 궁금했지만 그 이름조차 입에 담기 싫었다. 시형이 내 뱃속에라도 들어갔다가 나온 것처럼 아무도 박쥐를 보지 못했다고 말해 주었다. 이 섬 어딘가에 숨어 있거나 붉은 사막으로 갔겠지. 다시 보고 싶지 않은 얼굴이었다. 하지만 반드시 봐야만 하겠지.

"그리고 이거."

시형이 휴대전화를 내밀었다. 마로가 주운 걸 겨우 복구했는데, 장착된 카메라에 많은 것이 담겨 있었다.

수영복 차림으로 친구들과 어깨동무를 하고, 환자복을 입은 채 개다리춤을 추고, 랩을 읊조리고, 야한 동영상을 보면서 낄낄거리고…. 한 컷 한 컷 사진의 갈피마다 이야기로 넘쳐났다. 이제 다시 돌아갈 수 없는 시간들이었다.

과거는 그것들만이 아니었다. 먼바다의 배에서 고얼이 보았다는 우리의 흔적들과 배가 가라앉기 전의 상황이 동영상 속에 고스란히 들어 있었다. 배가 한쪽으로 기울자 바닥을 구르고 아우성치며, 거꾸로 매달려 있는….

그것들을 넘어 우리의 기억은 완성될 것이며, 그런 뒤에야 마침내 자신이 누구인지 알게 되겠지.

"가자, 모두 우릴 기다리고 있어. 근데 첸 말이야."

붉은 사막에 가서 동지들과 거사를 도모했고, 전망은 낙관적이었다. 그의 꼿꼿한 등과 반듯한 걸음걸이, 반백의 머리칼, 무엇보다 투명한 눈빛이 떠올랐다.

"고얼인 뭐든 더 기억해 내고 알아낼 때까지 여기에 있으라고 했어. 지금 여길 떠나는 건 도망치는 거라고. 그러면 지금까지 우리가 여기 있었던 의미가 없어진다고. 조금 더 버티라고. 가족들이 있는 곳을 알아낼 때까지…."

"그래야겠지. 근데 그 여자 신입 말이야."

그녀는 죽을 각오로 아들을 찾아왔다. 다시 돌아올 수 없다는 것이 배를 타는 조건이었다. 하지만 우리가 떠나온 곳이 어디쯤인지 대략의 정보를 알고 있었다.

우리가 가야 할 곳이 성큼 앞으로 다가온 셈이었다.

그녀는 가라앉은 배에 아들이 있을 거라고 믿고 있었다. 눈이 크고 엉덩이에 불에 덴 자국이 있는 아이! 이제 우리가 그 배를 찾아가야만 하는 또 하나의 이유가 생긴 셈이었다.

어느새 붉은 노을이 주변을 물들였다.

화마가 휩쓸고 간 들판은 황량했다. 배수로마다 시커먼 물이 고여 있고 뿌리 뽑힌 나무들이 즐비했다. 사위는 깊은 정적에 휩싸였다. 눈부신 햇살만이 위안이 되어 주었다. 나는 묵묵히 앞을 향해 걸었다. 문득 멈춰 서서 걸어온 길을 돌아보기도 했다.

*

이윽고 고래배에 당도했다. 친구들이 나를 맞아 주었다. 나는 무애부터 찾았다. 무애는 보이지 않고 도희가 눈인사를 건넸다. 도희의 뒤에서 여자 신입이 모습을 드러냈다.

"네, 네가 기주구나. 무사해서 저, 정말 다행이야."

그녀가 더듬거리며 반겨 주었다. 나는 고개를 숙여 인사했다.

"내 꼬, 꼴이 어, 엉망이지?"

그녀는 아들에게 잘 보이고 싶었다. 생전 처음으로 값비싼 옷을 사 입고 고급 미용실에서 커트도 했다. 그런데 오는 길에 모두 엉망이 되었다며 아쉬워했다. 시형이 그녀를 향해 아직도 예쁘니 걱정 마시라고 하면서 엄지를 들어 보였다. 모두 웃음을 터뜨렸다. 그녀는 시신이나마 아들을 만날 생각에 한껏 부풀어 있었다.

"우, 우리 아, 아들을 마, 만나러 가, 가는 기, 길에 하, 함께 가, 가 줘서 고, 고마워."

그녀는 눈물이 글썽한 채 더듬거리며 말을 이었다. 너희들 덕분에 이제야 내가 엄마 노릇을 하게 됐어.

울지 마, 울지 마! 친구들이 외쳤다.

그녀는 아들이 사라진 뒤 살아 있어도 살아 있는 게 아니었다. 백방으로 수소문해서 아들이 간 곳을 알게 되었고, 우여곡절 끝에 아들을 찾으러 가기 위해 배를 탔다. 더러 그녀와 같은 이유로 배를 탄 부모들이 있었는데, 자식을 대신해 죽을 각오가 되어 있었다. 배를 타고 오는 도중에 그녀는 아들이 탄 배가 좌초되었다는 걸 알았다. 그녀와 같은 처지의 노인이 휴대전화의 동영상을 보여 주었다.

노인이라는 말에 늙은 신입이 떠올랐다. 물론, 그 신입이 그 노인일 가능성은 미미했다. 설령 그가 그 노인이라고 해도 이제 다시 볼 수 없는 사람이었다. 그녀가 다시 말을 이었다.

동영상 속에서 그녀의 아들은 친구들을 먼저 내보내고 매번 물러섰다. 결국 배에서 빠져나오지 못했다. 그녀는 아들에게 늘 양보하라고 가르쳤던 게 후회되었다. 스스로 혀를 자르려고 했지만 실패했다. 좌초된 배 근처에 다다라 바다에 몸을 던졌다. 그렇게라도 아들을 만나고 싶었다. 그런데 눈을 떠 보니 낯선 섬이었고, 이내 정신을 잃었다. 정신이 들자마자 다시 바다로 걸어 들어갔는데 누군가가 그녀를 이끌었다. 그렇게 다시 이 섬에 오게 되었고, 해안가에서 우리를 보고 아들의 친구들임을 알아봤다. 아들을 만날 수 있을 거라고 기대했지만 곧 박쥐 집 양어장 근처 구덩이에 갇혔다. 주안이 이따금 데이지 뿌리를 들고 그녀를 찾아왔다. 그녀는 주안에게 의지해 희망을 가졌고 혀가 아물어 갔다. 주안에게 고마움을 전하고 싶은데 이제 그럴 수 없게 되었다며 눈시울을 적셨다. 모두 숙연한 가운데 여기저기서 훌쩍거리는 소리가 났다.

갑자기 주변이 환해지는 걸 느꼈다. 한 줄기 빛이 눈에 어른거리고 청아한 노랫소리가 귀에 와 닿았다. 무애의 모습을 본 내 눈과 마음이 지어낸 빛과 소리였다. 무애는 선생님과 함께였다. 선생님은 오른쪽 눈에 안대를 하고 있었다. 선생님이 나를 향해 손을 내밀었다.

나는 선생님의 손을 잡은 채 모두를 향해 고얼의 뜻을 전했다. 라온에서 조금 더 버텨야 한다고, 모든 걸 기억해 낼 때까지, 곧 그날이 올 거라고. 기어이 해내야 한다고….

선생님이 환하게 미소를 지었다. 여태 한 번도 보지 못한 미소였다. 나는 아이들을 향해 돌아섰다.

"이제 우리가 뭘 해야 하는지 알게 됐어. 하지만 아직 갈 길이 멀어. 각오를 단단히 해야지."

내 목소리가 크게 울렸다. 그 어느 때보다 강한 결기가 우리를 하나로 묶어 주었다. 선생님이 손을 마주쳐서 모두의 시선을 집중시켰다.

"얘들아, 준비됐니?"

"예."

우리의 대답은 함성이 되어 울려 퍼졌다. 우리는 다짐을 공고히 하는 뜻으로 돌아가며 손바닥을 마주쳤다. 시형이 고래배의 구조와 운행 정보를 하나하나 짚어 가며 확인했다. 내가 고얼에게 들은 걸 전해 주자 단숨에 가라앉은 배의 도면까지 그려 냈다. 선생님이 모든 일의 지휘 통솔을 시형에게 일임했다.

시형의 지휘 아래 모두 일사불란하게 움직였다. 몇은 닻을 올리고 몇은 돛을 세우고 또 몇은 노를 잡았다.

"준비됐으면 이제 떠나라."

떠나자, 라고 하지 않고 떠나라, 라니. 모두 뜨악한 표정으로 선생님을 쳐다봤다.

"난 여기 남아서 할 일이 많아. 너희들이 돌아오면 먹을 음식도 준비해야지, 너희들이 데려올 친구들을 맞을 준비도 해야 하잖아. 손이 열 개라도 부족할 거 같은데."

선생님이 그런 결정을 내리시기까지는 나름의 이유가 있을 터였다. 하지만 그 일을 우리끼리 하기에는 벅찼다.

"하지만 저희들끼리 어떻게 그 일을?"

"할 수 있어. 지금까지도 잘해 왔잖아. 이제 너희들 스스로가 만들어 갖게 된 힘을 과시해 봐. 그 무엇도 너희들의 의지를 꺾을 수 없을 거야."

그 말을 남기고 선생님이 배에서 훌쩍 뛰어내렸다. 소리쳐 불렀지만 이미 선생님의 모습은 보이지 않았다. 모두 선생님이 사라진 곳을 바라봤다.

얼마쯤 지나자 선생님이 유유히 모래사장으로 걸어가는 모습이 보였다. 순간, 배가 앞으로 나아가는 기적이 느껴졌다. 미끄러지듯 부드럽게, 순식간에 곡선을 그리며 방향을 틀었다. 미풍이 불면서 잔물결이 일어났다. 선생님이 돌아서서 우리를 향해 손을 흔들었다.

이제 우리는 또 하나의 길 위에 서 있다. 무엇이 우리를 이끌었든 그건 우리의 의지가 건져 올린 결과였다. 이제 그 길 위에서 최선을 다하는 일만 남았다. 앞으로 무엇이 우리를 기다리고 있는지 알 수 없지만 그것이 어떤 것이든 그 안에서 뭔가를 찾게 될 것이다. 그 과정에서 바닥을 만난다고 해도 다시 기어올라야 하겠지. 그런 뒤에야 비로소 또 다른 세계에 도달할 거라는 데 의심이 없었다.

갈매기 떼가 날아올랐다. 모두 탄성을 질렀다.

햇빛이 쏟아지고 찬란한 빛의 결정체 어디선가 기욱기욱 소리가 났다. 순간, 고래 한 마리가 검푸른 등을 수면 위로 드러냈다. 몸을 꼿꼿이 세워 물을 뿜어내기를 몇 차례, 기어이 공중곡예를 펼쳤다. 옆에서 또 한 마리의 고래가 유선형의 몸짓으로 다가왔다. 곧이어 또 다른 고래가 나타났다. 옆에서도 뒤에서도 빽빽하게 열을 지어 따라왔다. 줄잡아 수십 마리는 되어 보였다. 아니, 세상의 모든 고래들이 여기로 모여든 것 같았다. 고래 떼가 무리지어 배를 호위했다. 한 놈이 쏜살같이 앞으로 튀어 나가면 다른 놈들이 뒤따랐다. 제각기 포물선을 그리며 파도 위로 뛰어올랐다가 곤두박질쳤다. 유연하고 날렵한 몸짓이 장관이었다. 모두 그 광경에서 눈을 떼지 못했다. 환호가 잇달아 터져 나왔다. 멀리 푸른 하늘에 낮달이 떠오르고 있었다.

내가 보고 싶거든 하늘을 봐…. 고얼이 함께 가고 있었다. 나, 여기 있어…. 주안도 따라왔다. 마로를 비롯해 친구들의 응원하는 소리가 들려왔다. 잘할 수 있어. 잘 해낼 거야!

가슴이 두근거렸다. 잘할 수 있을까. 기어이 해내야겠지.

배가 기운차게 앞을 향해 나아갔다. 물의 흐름이 잔잔해서 파도라고도 할 수 없는 물보라가 길게 이어졌다.

얼마나 지났을까. 갑자기 물살이 급하게 소용돌이쳤다. 배가 속도를 늦추었다.

"저기, 저기야!"

시형이 소리치며 한 지점을 가리켰다. 거기에 우리가 타고 온 배가, 우리와 함께 온 친구들이 있다. 가슴이 울렁거렸다. 이제 우리는 친구들을 찾아서 함께 라온으로 돌아갈 것이다. 하지만 우리가 다시 라온으로 돌아갔을 때는 라온도 전과 같은 데가 아니겠지. 우리가 예전의 우리가 아닌 것처럼. 더 이상 라온이 어떤 곳이든 상관없다. 지금 우리에게 중요한 건 우리의 미래이고 그것은 오로지 우리의 의지에 달려 있다.

그렇다. 이제 거칠 것이 없다. 거대한 바다가 우리 앞에 있으니까.

작가의 말

    자신의 존엄을 지키기 위해 고군분투하는 아이들을 통해 인간의 존엄과 인간 욕망의 윤리적 문제에 질문을 던지고 싶었다. 말하고 보니, 거창하게 들릴 것 같다.

    작품의 원제목은 무어별(無語別)이었다. 그러니까 시작은 이별의 말 한 마디 못 한 채 이별한 이들의 이야기에서 비롯되었다. 앞이 깜깜하고 아득한 아이들 곁에서 나 또한 자주 길을 잃고 오래 헤매었다. 영영 길을 찾지 못할까 봐 두려웠던 적도 한두 번이 아니다. 그럴 때마다 처음으로 돌아가 다시 시작해야만 했다. 이 소설이 나아갈 바를 함께 고심해 준 문우들이 아니었다면 끝내 길을 찾지 못했을지도 모른다. 아낌없는 조언과 믿음 덕분에 여기까지 올 수 있었다.

    라온의 아이들이 드넓은 세상으로 나아갈 수 있도록 길을 열어 준 서해문집과 섬세한 눈으로 작품의 결을 다져 주신 김종훈 편집

장님께 깊이 감사드린다. 추천사를 써 주신 주원규, 마윤제 작가님께는 큰 선물을 받았다. 감사의 마음을 오래 간직할 것이다.

　이제 라온의 아이들을 멀리 떠나보내야 할 시간이다. 이렇게나마 아이들에게 이별의 말을 할 수 있어서 다행이다. 이별의 말 한마디 못한 채 헤어졌던 이들이 만나는 순간을 그려 보는 것은 사뭇 설레고, 가슴 벅찬 일이다.

　고얼, 기주, 시형, 무애, 주안, 마로…. 모두 파이팅! 이제 너희들 스스로가 만들어 갖게 된 힘을 과시해 봐. 그 무엇도 너희들의 의지를 꺾을 수 없을 거야.

2020년 겨울의 한복판에서
김혜정